Lyrik unterwegs

Lyrik unterwegs

Herausgegeben von der Stuttgarter Straßenbahnen AG

Ausgewählt von Ursel Hosch

DRW-Verlag

ISBN 3-87181-446-6

Gesamtherstellung: Karl Weinbrenner & Söhne GmbH & Co.,
Leinfelden-Echterdingen

Alle Abbildungen: Stuttgarter Straßenbahnen AG

Bestellnummer: 446

Inhalt

Vorwort 6
Wie es anfing 7
Woher sind wir geboren? 8
Im Wort ruht Gewalt 16
Die Liebe: heißt es: dauert 30
Kinder sind Rätsel von Gott 43
Wenn du dich näherst 57
Schweigende Fahrgäste 72
Freudvoll und leidvoll 82
Erinnerung an Stuttgart 90
Glück – Scheues Tier 97
Ehret die Frauen! 106
Ich steig in jeden Vorortzug 119
Der Schnee fällt nicht hinauf 126
Handeln und Traum sind Geschwister 135
ich quill, ich quill, ich quill 152
Fortsetzung folgt 157

Autorenverzeichnis 163
Gedichtüberschriften und Gedichtanfänge 166
Quellenverzeichnis 171

Vorwort zur zweiten, erweiterten Auflage

Seit 1987 veröffentlicht die SSB in ihren Fahrzeugen Gedichte. Niemand von der SSB ahnte, daß sich mit „Lyrik unterwegs“ eine langjährige Kommunikation zwischen Fahrgästen und der SSB entwickeln würde.

Inzwischen wurden 180 Gedichte in den Fahrzeugen ausgehängt. Besonders stolz sind wir auf die Lyrik aus dem Mittelmeerraum, die wir 1999 anläßlich der Mittelmeerkonferenz in Stuttgart ausgesucht und publiziert haben. Diese Sonderserie ist auch als Postkartensatz erhältlich.

Ursel Hosch, die Begründerin der Aktion „Lyrik unterwegs“, die beiden Germanistinnen Helga Zimmermann und Ellen Necker und Vertreter der SSB stellen die Gedichte zusammen. Wir danken an dieser Stelle der Jury, die dabei Fingerspitzengefühl und Stilsicherheit bewies.

Wir freuen uns, daß wir wegen der starken Nachfrage nach diesem Taschenbuch eine zweite, erweiterte Auflage zusammen mit dem DRW-Verlag herstellen konnten und es damit allen Freunden und Anhängern von „Lyrik unterwegs“ ermöglichen, alle bisher erschienenen Gedichte nachzulesen.

Der Vorstand der Stuttgarter Straßenbahnen AG

Manfred Bonz   Reinhold Bauer   Dr. Peter Höflinger

Wie es anfing

Die ganze Sache ausgedacht hat sich William Shakespeare (Wie es euch gefällt, 3. Akt, 2. Szene):

„Es spukt hier ein junger Mensch im Walde herum,
der unsre junge Baumzucht mißbraucht,
den Namen Rosalinde in die Rinden zu graben,
der Oden an Weißdornen hängt
und Elegien an Brombeersträuche ..."

Was im Ardenner Wald geht, geht auch in der U-Bahn. Das dachte sich Judith Chernaik, eine in London lebende amerikanische Literaturdozentin, bei der Lektüre von „Wie es euch gefällt" und die Idee war geboren: *Poems on the underground*. Seit 1986 gibt es in der Londoner U-Bahn die Lyrik an der Wand. Ich hab's Judith Chernaik nachgemacht und die Idee 1986 der Stuttgarter Straßenbahnen AG vorgeschlagen. Ich freue mich sehr darüber, daß die Verkehrsbetriebe diesem literarischen Projekt von Anfang an so freundlich gegenüberstanden, und daß wir nun auf zwölf Jahre *Lyrik unterwegs* zurückblicken können. Im April 1999 war Stuttgart Gastgeber der Mittelmeer-Anrainerstaaten-Konferenz (Barcelona III): dies war uns Anlaß, eine poetische Reise rund ums Mittelmeer anzusetzen. Herzlichen Dank allen Verlagen und Autoren, die unsere Arbeit unterstützt und gefördert haben; herzlichen Dank Herrn Brinker für die graphische Gestaltung und den Mitgliedern des Lyrik-Auswahlgremiums, Frau Necker und Frau Zimmermann, Herrn Fink, Herrn Schulze und Herrn Theurer, für ihre gleichmäßige Geduld und stete Ermunterung; Dank und Gruß dem treuen Lesepublikum.

Ursel Hosch

Woher sind wir geboren?

Woher sind wir geboren . . .

Woher sind wir geboren?
Aus Lieb'.
Wie wären wir verloren?
Ohn' Lieb'.
Was hilft uns überwinden?
Die Lieb'.
Kann man auch Liebe finden?
Durch Lieb'.
Was läßt nicht lange weinen?
Die Lieb'.
Was soll uns stets vereinen?
Die Lieb'.

Johann Wolfgang von Goethe (1749–1832)
Aus: „Sämtliche Gedichte, Band 3"

Wer wird heute wohl,
da die Kirschenbäume blühn,
auf das Unkraut sehn?

Sodô (1641–1716)
Aus: „Japanische Jahreszeiten"

Der Kreisel

Ein Mensch hat einen Kreisel, rund,
Bemalt in sieben Farben, bunt.
Er peitscht ihn an, der Kreisel schwirrt,
Bis schneller er – und *grauer* wird . . .
Soll unser Leben bunter bleiben,
Darf mans nicht allzu munter treiben.

Eugen Roth (1895–1976)
Aus: „Der letzte Mensch"

Ich bin eine Nadel im Kissen,
ich bin an der Rose der Dorn,
und wer sich an einem gerissen,
hat die Wahl zwischen Lachen und Zorn.

Josef Eberle (1901–1986)
Aus: „Mandarinentänze. Chinoiserien"

Aus stillen Fenstern

Wie oft wirst du gesehn
aus stillen Fenstern,
von denen du nichts weißt . . .
Durch wieviel Menschengeist
magst du gespenstern,
nur so im Gehn . . .

Christian Morgenstern (1871–1914)
Aus: „Gesammelte Werke“

Am Abend fing die rosa Hyazinthe
süß zu duften an
und unaufhaltsam entströmte ihr die Seele.

Nie kehrte sie zurück zur welken Blüte.

Wer aber klagte über dies –

Nur mit Entzücken erinnern wir uns ihrer
um zu sagen
o wie unvergeßlich süß
die rosa Hyazinthe duftete an jenem Abend.

Paula Ludwig (1900–1974)
Aus: „Dem dunklen Gott“

Du selber machst die Zeit, das Uhrwerk sind die Sinnen;
Hemmst du die Unruh nur, so ist die Zeit von hinnen.

Angelus Silesius (1624–1677)
Aus: „Der Cherubinische Wandersmann"

Die Windenblüte

Um mein Brunnenseil
rankte eine Winde sich –
Gib mir Wasser, Freund!

Chiyo-ni, japanische Dichterin (1701–1775)
Aus: „Japanische Jahreszeiten"

Palmström

Palmström steht an einem Teiche
und entfaltet groß ein rotes Taschentuch:
Auf dem Tuche ist eine Eiche
dargestellt sowie ein Mensch mit einem Buch.

Palmström wagt nicht, sich hineinzuschneuzen.
Er gehört zu jenen Käuzen,
die oft unvermittelt-nackt
Ehrfurcht vor dem Schönen packt.

Zärtlich faltet er zusammen,
was er eben erst entbreitet.
Und kein Fühlender wird ihn verdammen,
weil er ungeschneuzt entschreitet.

Christian Morgenstern (1871–1914)
Aus: „Gesammelte Werke“

Eigentum

Ich weiß, daß mir nichts angehört
Als der Gedanke, der ungestört
Aus meiner Seele will fließen,
Und jeder günstige Augenblick,
Den mich ein liebendes Geschick
Von Grund aus läßt genießen.

Johann Wolfgang von Goethe (1749–1832)
Aus: „Sämtliche Gedichte, Band 2"

Ehmals und jetzt

In jüngern Tagen war ich des Morgens froh,
Des Abends weint ich; jetzt, da ich älter bin,
Beginn ich zweifelnd meinen Tag, doch
Heilig und heiter ist mir sein Ende.

Friedrich Hölderlin (1770–1843)
Aus: „Sämtliche Gedichte"

Ungeduld

Ich schnitt es gern in alle Rinden ein,
Ich grüb es gern in jeden Kieselstein,
Ich möcht es sä'n auf jedes frische Beet
Mit Kressesamen, der es schnell verrät,
Auf jeden weißen Zettel möcht ich's schreiben:
Dein ist mein Herz und soll es ewig bleiben.

Ich möcht mir ziehen einen jungen Star,
Bis daß er spräch die Worte rein und klar,
Bis er sie spräch mit meines Mundes Klang,
Mit meines Herzens vollem, heißen Drang;
Dann säng er hell durch ihre Fensterscheiben:
Dein ist mein Herz und soll es ewig bleiben.

Den Morgenwinden möcht ich's hauchen ein,
Ich möcht es säuseln durch den regen Hain;
O, leuchtet' es aus jedem Blumenstern!
Trüg es der Duft zu ihr von nah und fern!
Ihr Wogen, könnt ihr nichts als Räder treiben?
Dein ist mein Herz und soll es ewig bleiben.

Wilhelm Müller (1794–1827)
Aus: „Die schöne Müllerin“
Vertont von Franz Schubert

Im Wort ruht Gewalt

Die Brille

Korf liest gerne schnell und viel;
darum widert ihn das Spiel
all des zwölfmal unerbetnen
Ausgewalzten, Breitgetretnen.

Meistens ist in sechs bis acht
Wörtern völlig abgemacht,
und in ebensoviel Sätzen
läßt sich Bandwurmweisheit schwätzen.

Es erfindet drum sein Geist
etwas, was ihn dem entreißt:
Brillen, deren Energieen
ihm den Text – zusammenziehen!

Beispielsweise dies Gedicht
läse, so bebrillt, man – nicht!
Dreiunddreißig seinesgleichen
gäben erst – Ein – – Fragezeichen!!

Christian Morgenstern (1871–1914)
Aus: „Gesammelte Werke“

Warum treibt sich das Volk so, und schreit?
Es will sich ernähren,
Kinder zeugen, und die nähren,
so gut es vermag.
Merke dir, Reisender,
das und tue zu Hause desgleichen!
Weiter bringt es kein Mensch,
stell er sich, wie er auch will.

Johann Wolfgang von Goethe (1749–1832)
Aus: „Sämtliche Gedichte, Band 1"

Ein Fichtenbaum steht einsam
Im Norden auf kahler Höh'.
Ihn schläfert; mit weißer Decke
Umhüllen ihn Eis und Schnee.

Er träumt von einer Palme,
Die, fern im Morgenland,
Einsam und schweigend trauert
Auf brennender Felsenwand.

Heinrich Heine (1797–1856)
Aus: „Buch der Lieder"

Des Wortes Gewalt

Im Wort ruht Gewalt
Wie im Ei die Gestalt,
Wie das Brot im Korn,
Wie der Klang im Horn,
Wie das Erz im Stein,
Wie der Rausch im Wein,
Wie das Leben im Blut,
In der Wolke die Flut –
Wie der Tod im Gift,
und im Pfeil, der trifft –
Mensch! Gib du acht, eh du es sprichst,
Daß du am Worte nicht zerbrichst!

Ina Seidel (1885–1974)
Aus: „Gedichte“

Humorlos

Die Jungen
werfen
zum Spaß
mit Steinen
nach Fröschen

Die Frösche
sterben
im Ernst

Erich Fried (1921–1988)
Aus: „Gesammelte Werke“

Sensible wege

Sensibel
ist die erde über den quellen: kein baum darf
gefällt, keine wurzel
gerodet werden

Die quellen könnten
versiegen

Wie viele bäume werden
gefällt, wie viele wurzeln
gerodet

in uns

Reiner Kunze (* 1933)
Aus: „Sensible Wege"

Was ist das Schwerste von allem?
Was dir das Leichteste dünket,
Mit den Augen zu sehn,
was vor den Augen dir liegt.

Johann Wolfgang von Goethe (1749–1832)
Aus: „Sämtliche Gedichte, Band 4“

Wandlung

Ein Mensch führt, jung, sich auf wie toll:
Er sieht die Welt, wie sie sein soll.
Doch lernt auch er nach kurzer Frist,
Die Welt zu sehen, wie sie ist.
Als Greis er noch den Traum sich gönnt,
Die Welt zu sehn, wie sie sein könnt.

Eugen Roth (1895–1976)
Aus: „Mensch und Unmensch“

Reisen

Meinen Sie Zürich zum Beispiel
sei eine tiefere Stadt,
wo man Wunder und Weihen
immer als Inhalt hat?

Meinen Sie, aus Habana,
weiß und hibiskusrot,
bräche ein ewiges Manna
für Ihre Wüstennot?

Bahnhofstraßen und Rueen,
Boulevards, Lidos, Laan –
selbst auf den Fifth Avenueen
fällt Sie die Leere an –

Ach, vergeblich das Fahren!
Spät erst erfahren Sie sich:
bleiben und stille bewahren
das sich umgrenzende Ich.

Gottfried Benn (1886–1956)
Aus: „Sämtliche Werke, Band 1"

Spötter

Wer andrer Leute höhnisch lacht/
Der habe nur ein wenig Acht/
Wer hinter jhm/jhm gleiches macht.

Friedrich von Logau (1604–1655)
Aus: „Sinngedichte“

Briader ond Schweschtra

Ja freile
sen mir älle
Briader ond Schweschtra

Ja freile
ziaga mir älle
am gleicha Strang

Abr wär
hòt ons blooß
deen
Strick
dräht

Peter Schlack (* 1943)
Aus: „Ond woda nòhgucksch Leit“

Vogelschau

Weisse schwalben sah ich fliegen·
Schwalben schnee- und silberweiss·
Sah sie sich im winde wiegen·
In dem winde hell und heiss.

Bunte häher sah ich hüpfen·
Papagei und kolibri
Durch die wunder-bäume schlüpfen
In dem wald der Tusferi.

Grosse raben sah ich flattern·
Dohlen schwarz und dunkelgrau
Nah am grunde über nattern
Im verzauberten gehau.

Schwalben seh ich wieder fliegen·
Schnee- und silberweisse schar·
Wie sie sich im winde wiegen
In dem winde kalt und klar!

Stefan George (1868–1933)
Aus: „Sämtliche Werke, Band 2“

Heimkehr

O brich nicht Steg; du zitterst sehr!
O stürz nicht Fels, du dräuest schwer!
Welt, geh nicht unter, Himmel, fall nicht ein,
Eh ich mag bei der Liebsten sein!

Ludwig Uhland (1787–1862)
Aus: „Ausgewählte Werke“

Verdrossnen Sinn im kalten Herzen hegend,
Reis ich verdrießlich durch die kalte Welt,
Zu Ende geht der Herbst, ein Nebel hält
Feuchteingehüllt die abgestorbne Gegend.

Die Winde pfeifen, hin und her bewegend
Das rote Laub, das von den Bäumen fällt,
Es seufzt der Wald, es dampft das kahle Feld,
Nun kommt das Schlimmste noch, es regent.

Heinrich Heine (1797–1856)
Aus: „Neue Gedichte. Neuer Frühling“

Es ist kein Ding . . .

Es ist kein Ding so unscheinbar und klein –
der Funke wohnt von Anbeginn ihm ein.

Es ist kein Mensch so ohne Wurzel da,
daß er noch nie den Funken leuchten sah.

Es ist kein Mensch so stumpf und seelenlahm,
daß er der Stimme Anruf nie vernahm.

Es ist kein Ding zu arm und unscheinbar,
Antwort zu tun, wenn ihm gerufen war.

Es ist kein Mensch so aus der Bahn gedrängt,
daß er nicht leuchtet, wenn er Licht empfängt.

Der Funke wohnt von Anbeginn ihm ein,
und, wo er aufstrahlt, weckt er Widerschein.

Leopold Marx (* 1889 Cannstatt, † 1983 Shavei Zion/Israel)
Aus: „Gedichte“

Poesie

Die männer im elektrizitätswerk
Zünden sich die morgenzigarette an.
Sie haben, während ich nachtsüber schrieb,
Schwitzend meine arbeitslampe gefüttert.
Sie schippten kohlen für ein mondgedicht.

Kurt Bartsch (* 1937)
Aus: „Zugluft“

Weiß der Vogel, wie frei ein Vogel ist?
Fühlt sich der Fisch so wohl
wie ein Fisch im Wasser?

Dieter Fringeli (* 1942)
Aus: „Ohnmachtwechsel“

Mit Gewalt ist nichts zu machen.
Also werden hohe Sachen
zum erwünschten Ziel gebracht
eh'r durch Weisheit als durch
Macht.

Julius Wilhelm Zincgref (1591–1635)
Aus: „Spruchwörterbuch“

Die Liebe: heißt es: dauert

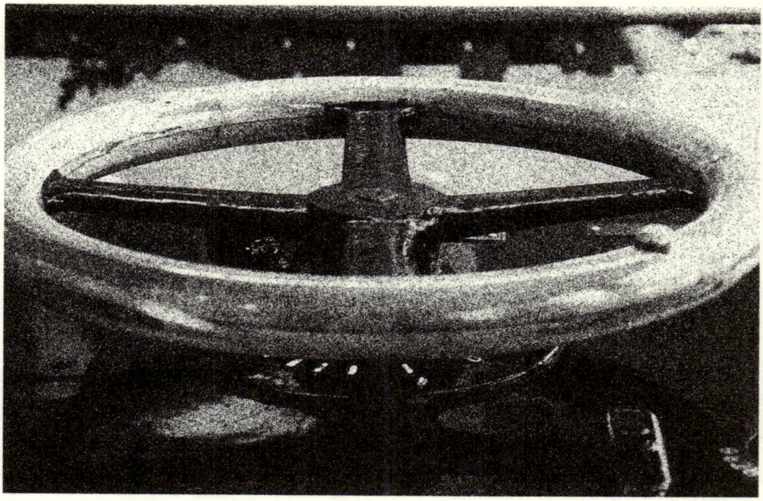

Die Ros' ist ohn' warum;
sie blühet, weil sie blühet,
Sie acht nicht ihrer selbst,
fragt nicht, ob man sie siehet.

Angelus Silesius (1624–1677)
Aus: „Der Cherubinische Wandersmann"

Betrachtung der Zeit,
Mein sind die Jahre nicht
die mir die Zeit genommen/
Mein sind die Jahre nicht/
die etwa möchten kommen
Der Augenblick ist mein/
und nehm' ich den in acht
So ist der mein/
der Jahr und Ewigkeit gemacht.

Andreas Gryphius (1616–1664)
Aus: „Gedichte"

Rätsel

Zwei Eimer sieht man ab und auf
In einem Brunnen steigen,
Und schwebt der eine voll herauf,
Muß sich der andre neigen.
Sie wandern rastlos hin und her,
Abwechselnd voll und wieder leer,
Und bringst du diesen an den Mund,
Hängt jener in dem tiefsten Grund,
Nie können sie mit ihren Gaben
Im gleichen Augenblick dich laben.

Friedrich Schiller (1759–1805)
Aus: „Werke, Band 2“

(Auflösung: Tag und Nacht)

Aber erst jetzt

Als wir vorbeikamen,
ruhten die Schafe
im Schatten der Mauer.

Bei der Rückkehr,
eine halbe Stunde danach,
waren sie weg.

Aber erst jetzt
sahen wir sie.

Walter Helmut Fritz (* 1929)
Aus: „Werkzeuge der Freiheit“

Wechselspiel

Früher
Spielte ich
Mit Gedanken

Nun
Spielen die Gedanken
Mit mir

Dieter Fringeli (* 1942)
Aus: „Ohnmachtwechsel“

Lascaux

Hier waren wir vor fünfzehntausend Jahren
Von hier sind wir hinausgefahren
die Flüsse abwärts und die Seen querend
uns selbst vergessend und die Welt verheerend:
Das heimliche Geborgensein im Fels verraten
Statt eines Traumes lauter leere Taten
bis daß der Blick nach langen Zeiten
die Grotte wiedersieht: Die Stätte des geweihten
des Mitgetiers aus fernen Ewigkeiten
des unaufhaltsam ausgestorbenen Weggenossen:
Zieh deinen Kreis: er ist noch nicht geschlossen.

Günter Kunert (* 1929)
Aus: „Stilleben“

Anmerkung: In den Höhlen von Lascaux in Südfrankreich findet man Malereien aus der Steinzeit, ca. 16000 v. Chr.

Zungendrescher

Kein grösser Unrecht wird Juristen angethan
Als wann ein jeder Recht erweiset jederman/
Weil jhnen Unrecht recht: Wann Unrecht wo nicht wär
Wär zwar jhr Buch voll Recht/jhr Beutel aber leer.

Friedrich von Logau (1604–1655)
Aus: „Sinngedichte“

Ich mit meiner Prosa,
ich mit meinen Versen
und auch sonst einfach ich –
Aber jene Treppe aus Granit,
ihre zwölf Stufen,
die Unterzüge aus Kalkstein
und die Trockenmauer
doppelhäuptig, hüfthoch –
vor gut zwanzig Jahren
habe ich sie erstellt.
Ich war ein Gartenbauarbeiter,
ich habe Bleibendes geschaffen.

Rainer Brambach (1917–1983)
Aus: „Heiterkeit im Garten“

Nachlaß

Ich, des Hierseins überdrüssig, hinterlasse:
Ein Brot, damit ihr euch des Hungers erinnert.
Einen Käfig, damit ihr die Freiheit hütet.
Einen Pfennig, damit ihr etwas umsonst tut.
Eine Brille, damit ihr genauer hinseht.
Eine Zigarette, damit ihr sie raucht nach dem Urteil.
Ein Salzkorn, damit ihr die Träne nicht leugnet.
Ein Streichholz,
damit ihr spielt mit dem Feuer der Neugier.
Kautabak, damit ihr spuckt auf das Verächtliche.
Ein Messer, damit ihr euch trennt vom Kleinmut.
Eine Rose, damit ihr Vollkommenes achtet.
Eine Kammer, damit ihr nicht weint vor den Leuten.
Ein Stück Himmel,
damit ihr wißt, wo ihr nicht hinkommt.
Eine Handvoll Erde, damit ihr wißt, wo ihr bleibt.

Rudolf Otto Wiemer (* 1905)
Aus: „Ernstfall“

lichtung

manche meinen
lechts und rinks
kann man nicht
velwechsern.
werch ein illtum!

Ernst Jandl (* 1925)
Aus: „Gesammelte Werke“

Ein neues Lied, ein besseres Lied,
O Freunde, will ich Euch dichten!
Wir wollen hier auf Erden schon
Das Himmelreich errichten.

Wir wollen auf Erden glücklich sein,
Und wollen nicht mehr darben;
Verschlemmen soll nicht der faule Bauch
Was fleißige Hände erwarben.

Es wächst hienieden Brot genug
Für alle Menschenkinder,
Auch Rosen und Myrten, Schönheit und Lust,
Und Zuckererbsen nicht minder.

Ja, Zuckererbsen für jedermann,
Sobald die Schoten platzen!
Den Himmel überlassen wir
Den Engeln und den Spatzen.

Heinrich Heine (1797–1856)
Aus: „Deutschland. Ein Wintermärchen"

Würde des Menschen

Nichts mehr davon, ich bitt euch.
Zu essen gebt ihm, zu wohnen,
Habt ihr die Blöße bedeckt,
gibt sich die Würde von selbst.

Friedrich Schiller (1759–1805)
Aus: „Werke, Band 2"

Dein Zauber

Wenn ich mit dir vorübergeh
Erlebt die ärmste nordgewandte Straße
Auch einmal eine Morgenröte!
Die Fenster sind aus Gold gegossen,
Die Pflanzen auf den Bildern blühn,
Die Heringe der Spezerein erglänzen wie Juwelen.

Doch komme ich allein,
Da blättert aller Glanz wie Tünche von der Erde,
Die Straßen werden alt und kalt,
Die Heringe sind nur geräuchert,
Ich bin ein Fremder der verschloßnen Türen,
Ein Schatten unter Schatten
Regengrau.

Claire und Yvan Goll (1890–1977, 1891–1950)
Aus: „Traumkraut. Die Antirose"

Zeitlos

Die Liebe: heißt es: dauert
wenn's hochkommt sieben Jahr.
Dich sehend wünsche ich man mauert
Kalender, Uhr und die Gefahr
in Schächte und in Bunker ein.
(Nur dafür dürfen Bunker sein.)

Peter Maiwald (* 1946)
Aus: „Guter Dinge"

Triolett

Einen Kreuzer gäb' ich hin,
Könnt' ich in dein Herz dir sehen!
Aber, wär' es nun geschehen,
Und ich säh' nichts Gutes drin,
Gäb' ich hundert Kreuzer hin,
Hätt' ich lieber nichts gesehen;
Darum, dir ins Herz zu sehen,
Gäb' ich keinen Kreuzer hin.

Friedrich Rückert (1788–1866)
Aus: „Gedichte“

Die Zimmer meines Lebens

Jedesmal,
Wenn ich in ein neues Zimmer ziehe,
Spür ich eine Schwäche meiner Knie.
Kalt und kahl
Starrt der Raum. Ich steh in seiner Mitten
Mit dem Koffer, gar nicht wohlgelitten.

Jedesmal,
Wenn ich solch ein Zimmer muß verlassen,
Kann ich mich vor Abschiedsfurcht nicht fassen.
Geister ohne Zahl
Meiner Stunden, Traum und waches Treiben,
Winken matt. *Ich* gehe. Doch *sie* bleiben.

Franz Werfel (1890–1945)
Aus: „Gesammelte Werke“

Herrschaftsfreiheit

Zu sagen
„Hier
herrscht Freiheit"
ist immer
ein Irrtum
oder auch
eine Lüge:

Freiheit
herrscht nicht

Erich Fried (1921–1988)
Aus: „Gesammelte Werke"

Fallen

schau dem Regen
über die Schulter
auch das Fallen
will gelernt sein

mit dem Wind
ist immer zu reden
wegen des
Aufstehens

der Staub
hat darin
Erfahrung

Gottlob Haag (* 1926)
Aus: „Schonzeit für Windmühlen“

Kinder sind Rätsel von Gott

Halte das Glück

Halte das Glück, wie den Vogel:
so leise und lose, wie möglich,
Dünkt er sich selber nur frei,
bleibt er dir gern in der Hand.

Friedrich Hebbel (1813–1863)
Aus: „Gesammelte Werke“

Denn wir können die Kinder
nach unserem Sinne nicht formen;
So wie Gott sie uns gab,
so muß man sie haben und lieben,
Sie erziehen aufs beste
und jeglichen lassen gewähren.
Denn der eine hat die,
die anderen andere Gaben;
Jeder braucht sie,
und jeder ist doch nur auf eigene Weise
Gut und glücklich.

Johann Wolfgang von Goethe (1749–1832)
Aus: „Hermann und Dorothea (III)“

Ostkontakte

Als mein Freund kürzlich
wieder nach Weimar fuhr,
bat ich ihn,
mir den Baum zu fotografieren,
auf dem wir als Kinder
Burgen gebaut hatten.
Er brachte mir
eine Fotografie mit,
darauf waren Kinder zu sehen,
die auf unserem Baum
eine Burg bauten.

Arnfrid Astel (* 1933)
Aus: „Wohin der Hase läuft“
(Das Gedicht entstand 1964)

Stuttgart

Herrlich steht sie
und hält den Rebenstab und die Tanne
Hoch in die seligen
purpurnen Wolken empor.
Sei uns hold!
dem Gast und dem Sohn, o Fürstin der Heimat!
Glückliches Stuttgart,
nimm freundlich den Fremdling mir auf!

Friedrich Hölderlin (1770–1843)
Aus: „Sämtliche Gedichte“

Gebirgsrand

Denn was täte ich,
wenn die Jäger nicht wären, meine Träume,
die am Morgen
auf der Rückseite der Gebirge
niedersteigen, im Schatten.

Ilse Aichinger (* 1921)
Aus: „Verschenkter Rat“

Robinson

Manchmal weint er wenn die worte
still in seiner kehle stehn
doch er lernt an seinem orte
schweigend mit sich umzugehn

und erfindet alte dinge
halb aus not und halb im spiel
splittert stein zur messerklinge
schnürt die axt an einen stiel

kratzt mit einer muschelkante
seinen namen in die wand
und der allzu oft genannte
wird ihm langsam unbekannt

Christa Reinig (* 1926)
Aus: „Sämtliche Gedichte“

Wünschelrute

Schläft ein Lied in allen Dingen,
Die da träumen fort und fort,
Und die Welt hebt an zu singen,
Triffst du nur das Zauberwort.

Josef von Eichendorff (1788–1857)
Aus: „Werke"

Ein grünes Blatt

Ein Blatt aus sommerlichen Tagen,
ich nahm es so im Wandern mit,
auf daß es einst mir möge sagen,
wie laut die Nachtigall geschlagen,
wie grün der Wald, den ich durchschritt.

Theodor Storm (1817–1888)
Aus: „Werke"

Zwei Knaben gingen durch die Nacht,
Der eine leis, der andre sacht.
Man konnte sie weder sehen noch hören –
Wenn sie's nun gar nicht gewesen wären?

Klapphornvers aus den „Fliegenden Blättern"
(um 1880)
Aus: „Dunkel war's, der Mond schien helle"

Früher, da ich unerfahren
Und bescheidner war als heute,
Hatten meine höchste Achtung
Andre Leute.

Später traf ich auf der Weide
Außer mir noch mehre Kälber,
Und nun schätz ich, sozusagen,
Erst mich selber.

Wilhelm Busch (1832–1908)
Aus: „Kritik des Herzens"

Einst und jetzt

Bleich steht das Feld und reif das Korn, das gelbe;
Ganz so wie einst und doch nicht ganz dasselbe.

Ganz so wie einst Tal, Feld, des Weges Borden,
Und doch, und doch: wie viel so fremd geworden.

Wie schön der Wald! Gott, wie bekannt mich schauen
Die Pfade an, die Wiesen und die Auen.

Und doch und doch! Wie ganz mit andren Mienen,
Als hätt ich nichts zu suchen mehr bei ihnen.

Christian Wagner (1835–1918)
Aus: „Gedichte“

Heute abend

In dieser Straße lebe ich also.
Der Zaun, die Telefonzelle, wie sind sie nah,
auch die Häuser, an denen ich vorbeigehe,
verändert, unverändert seit Jahren.

Vom Flughafen das Licht des Scheinwerfers
kreist nachts über den Dächern,
huscht über die Fenster,
hinter denen ich also wohne.

Vor mich hintrottend
spüre ich der Luft schöne Kälte.
In diesem Körper bin ich also,
gehüllt in diesen Mantel.

Das Metall des Schlüssels,
mit dem ich die Tür öffnen werde,
zum wievielten Mal, ist heute abend
fester und kühler, als es je war.

Walter Helmut Fritz (* 1929)
Aus: „Gesammelte Gedichte“

Des Lebens Karawane zieht mit Macht
Dahin, und jeder Tag, den du verbracht
Ohne Genuß, ist ewiger Verlust.–
Schenk ein, Saki! Es schwindet schon die Nacht.

Omar Khajjam, persischer Dichter (1048–1131)
Aus: „Die Sinnsprüche Omars des Zeltmachers“

Gottes Rätsel

Kinder sind Rätsel von Gott
und schwerer als alle zu lösen,
Aber der Liebe gelingt's,
wenn sie sich selber bezwingt.

Friedrich Hebbel (1813–1863)
Aus: „Gesammelte Werke“

Null-Diät

Ich habe mir
die Null-Diät
verordnet:
Zeitung,
Fernsehen,
Rundfunk
abbestellt.
Meine Brille
habe ich zerbrochen.
Die Buchstaben sind
aus meinen Büchern
ausgewandert.
Kein Anschluß
unter meiner Nummer
und die Klingel
an der Haustür
ist defekt.

Jetzt stehe ich
am Fenster
und warte.

Olly Komenda-Soentgerath (* 1923)
Aus: „Unerreichbar nahe“

Als

Als die Filme noch rissen
und samt und sonders jugendfrei
hätten sein können

als die Bienen noch
genug Blüten zum
Honigsaugen fanden

Libellen in der Luft
standen und glattweg
rückwärts fliegen konnten

als die grünen Bohnen noch
Fäden hatten und die
Salatgurken noch bittere Enden

da war hienieden auch nicht
der Himmel auf Erden
aber der Wort-

sprung von Welt
zu Umwelt der
stand noch aus.

Eva Zeller (* 1923)
Aus: „Stellprobe“

Endlich

endlich entschloß sich niemand
und niemand klopfte
und niemand sprang auf
und niemand öffnete
und da stand niemand
und niemand trat ein
und niemand sprach: willkomm
und niemand antwortete: endlich

Christa Reinig (* 1926)
Aus: „Sämtliche Gedichte"

Das Schnitzel

Ein Mensch, der sich ein Schnitzel briet,
Bemerkte, daß ihm das mißriet.
Jedoch, da er es selbst gebraten,
Tut er, als wär es ihm geraten,
Und, um sich nicht zu strafen Lügen,
Ißt ers mit herzlichem Vergnügen.

Eugen Roth (1895–1976)
Aus: „Ein Mensch“

Wenn du dich näherst

Wenn alles sitzen bliebe,
Was wir in Haß und Liebe
So voneinander schwatzen;
Wenn Lügen Haare wären,
Wir wären rauh wie Bären
Und hätten keine Glatzen.

Wilhelm Busch (1823–1908)
Aus: „Kritik des Herzens"

Was du nicht kennst, das, meinst du,
soll nicht gelten?
Du meinst, daß Phantasie nicht wirklich sei?
Aus ihr allein erwachsen künftige Welten:
In dem, was wir erschaffen, sind wir frei.

Michael Ende (1929–1995)
Aus: „Das Gauklermärchen"

Gott schuf die Sonne

ich rufe den wind
wind antworte mir
ich bin sagt der wind
bin bei dir

ich rufe die sonne
sonne antworte mir
ich bin sagt die sonne
bin bei dir

ich rufe die sterne
antwortet mir
wir sind sagen die sterne
alle bei dir

ich rufe den menschen
antworte mir
ich rufe – es schweigt
nichts antwortet mir

Christa Reinig (* 1926)
Aus: „Sämtliche Gedichte“

Der Strauch, der keinen Namen hat

Der Strauch,
den ich
vor sechs Jahren setzte,
dessen Namen
ich nicht weiß,
den ich vor drei Jahren
umpflanzte,
weil er
nicht gedieh,
der Strauch
trägt im April
dicke rote Blüten,
nur wenige Tage,
und überrascht mich
jedes Mal,
weil er,
namenlos,
meiner Vorstellung
nicht entspricht.

Peter Härtling (* 1933)
Aus: „Die Gedichte“

(unserer briefträgerin der vielgeschmähten: Ist das alles?!)

Einmal,
nach einem sehr schönen brief,
werde ich ein fest geben für
briefträger, die briefe austragen
aus leidenschaft, für
schalterbeamte, die grasgrüne marken
zum blühen bringen, ein
fest von
hier
bis
zum
briefkasten

Reiner Kunze (* 1933)
Aus: „einundzwanzig variationen über das thema „die post““

Wenn du dich näherst
Schauert der Abgrund
Die Mauern zittern
Der Jasmin duftet wilder
Das Meer atmet schneller
Und der Wind – sehr aufgeregt –
Ordnet mein Haar
Wie du es liebst

Yvan Goll (1891–1950)
Aus: „Die Lyrik“

„Anakreon“, so sprechen
Zu mir die jungen Frauen,
„Du wirst schon alt. Betrachte
Im Spiegel dich, wie schütter
Das Haar dein Haupt dir schmückt!“
Ich weiß nicht, ob die Haare
Noch da sind oder nimmer;
Doch eines weiß ich sicher:
Des Lebens Lust genießen
Darfst doppelt du im Alter,
Je näher dir der Tod.

Verfasser unbekannt
(um Christi Geburt)
Aus: „Griechische Lyrik“

Liebesgedicht

Kröten sitzen gern vor Mauern,
wo sie auf die Falter lauern.

Falter sitzen gern an Wänden,
wo sie dann in Kröten enden.

So du, so ich, so wir.
Nur – wer ist welches Tier?

Robert Gernhardt (* 1937)
Aus: „Körper in Cafés“

Der Schwan, der Hecht und der Krebs

Wenn zur Genossenschaft
sich Eintracht nicht gesellt,
Ist's mit dem Werke schlecht bestellt:
Es gibt nur Quälerei,
und man bringt's nicht zurecht.

Einst wollten Schwan und Krebs und Hecht
Fortschieben einen Karr'n mit seiner Last,
Und spannten sich zu drei'n davor in Hast.
Sie tun ihr Äußerstes,
er rückt nicht von der Stelle.
Die Last an sich wär' ihnen leicht genug,
Allein der Schwan nimmt aufwärts,
seinen Flug,
Der Krebs kreucht rückwärts,
und der Hecht strebt in die Welle.
Wer schuld nun ist, wer nicht,
darüber hier kein Wort,
Der Karren aber steht noch dort.

Iwan A. Krylow (1768–1844)
Aus: „Das Hausbuch der fabelhaften Fabeln“

Stühle

Stühle bauen
Stühle besetzen
Stühle bekämpfen
Stühle umwerfen

zwischen den Stühlen
Land erobern
stuhllos leben

zwischen den Stühlen
lebt die Möglichkeit

in Bewegung
zu bleiben

José F. A. Oliver (* 1961)
Aus: „Auf-Bruch“

Frage

Aus meinem Heimatdorf kamst du gegangen,
Mußt wissen, was daheim im Dorf geschieht.
Sag: als du gingst, war da vor meinem Fenster
Der alte Pflaumenbaum schon aufgeblüht?

Wang-We, chinesischer Dichter (701–761)
Aus: „Herbstlich helles Leuchten überm See“

Meer

Wenn man ans Meer kommt
soll man zu schweigen beginnen
bei den letzten Grashalmen
soll man den Faden verlieren

und den Salzschaum
und das scharfe Zischen des Windes
einatmen
und ausatmen
und wieder einatmen

Wenn man den Sand sägen hört
und das Schlurfen der kleinen Steine
in langen Wellen
soll man aufhören zu sollen
und nichts mehr wollen wollen
nur Meer

Nur Meer

Erich Fried (1921–1988)
Aus: „Gesammelte Werke“

Freiheit und Knechtschaft

Freiheit hat oft Völker verwirrt,
doch stets sie belehrt auch:
Aber es hat Knechtschaft
stets sie gelähmt und zerstört.

August von Platen (1796–1835)
Aus: „Gedichte“

Dorlamm meint

Dichter Dorlamm läßt nur äußerst selten
andre Meinungen als seine gelten.

Meinung, sagt er, kommt nun mal von mein,
deine Meinung kann nicht meine sein.

Meine Meinung – ja, das läßt sich hören!
Deine Deinung könnte da nur stören.

Und ihr andern schweigt! Du meine Güte!
Eure Eurung steckt euch an die Hüte!

Laßt uns schweigen, Freunde! Senkt das Banner!
Dorlamm irrt. Doch formulieren kann er.

Robert Gernhardt (* 1937)
Aus: „Wörtersee“

Lied der Freundschaft

Der Mensch hat nichts so eigen,
So wohl steht ihm nichts an,
Als daß er Treu erzeigen
Und Freundschaft halten kann;
Wann er mit seinesgleichen
Soll treten in ein Band,
Verspricht sich nicht zu weichen,
Mit Herzen, Mund und Hand.

Die Red' ist uns gegeben,
Damit wir nicht allein
Für uns nur sollen leben
Und fern von Leuten sein;
Wir sollen uns befragen
Und sehn auf guten Rat,
Das Leid einander klagen,
So uns betreten hat.

Was kann die Freude machen,
Die Einsamkeit verhehlt?
Das gibt ein doppelt Lachen,
Was Freunden wird erzählt.
Der kann sein Leid vergessen,
Der es von Herzen sagt;
Der muß sich selbst zerfressen,
Der in geheim sich nagt.

Simon Dach (1605–1659)
Aus: „Lyrikbuch"

Herbstmorgen in Holland

Die Nebelkuh
am Nebelmeer
muht nebel mei-
nem Bahngleis her

nicht *neben*, denn
wo Nebel fällt,
wird auch das n
zum l entstellt

Erich Fried (1921–1988)
Aus: „Gesammelte Werke"

An meinen Freund den Schnee

Wie weiß du bist,
wie leis du bist,
geliebter Schnee.
Wie weich du bist,
wie leicht du bist –
du Ding Vergeh!

Gehörst mir nicht,
verwehrst mir nicht
den stummen Gruß.
Du kühle Blume Zuversicht,
du edler Teppich dicht und licht
für meinen Fuß.

Wie neu du bist,
wie scheu du bist,
du Vogel Flaum.
Ein Windverwehn,
Geschwindvergehn
wie jeder Traum.

Margarete Kubelka (* 1923)
Aus: „Ein wenig von Verschwörung"

der gabentisch

ich stehe stumm
um den ganzen tisch herum

darauf liegen die vielen gaben
lauter nebensachen

wer hat sie mir gegeben?
mein leben

Ernst Jandl (* 1925)
Aus: „Gesammelte Werke“

Schweigende Fahrgäste

Verwunderungen

Wir alle sind die Erben dunkler Ahnen.
Was in uns spielt, was in uns treibt, wer weiß es,
wer kennt es, was Natur geheimen Fleißes
in uns gehäuft aus längst entschwundnen Bahnen.

Mit Taten und Gedanken hell am Tage –
so wandern wir, so sieht die Welt uns wandern, –
und sind vielleicht die Schlüssel nur zu andern;
und unser bleibt Verwundrung nur und Frage.

Christian Morgenstern (1871–1914)
Aus: „Gesammelte Werke"

Schein und Sein

Mein Kind, es sind allhier die Dinge,
Gleichviel, ob große, ob geringe,
Im wesentlichen so verpackt,
Daß man sie nicht wie Nüsse knackt.

Wie wolltest du dich unterwinden,
Kurzweg die Menschen zu ergründen.
Du kennst sie nur von außenwärts.
Du siehst die Weste, nicht das Herz.

Wilhelm Busch (1832–1908)
Aus: „Gesammelte Gedichte"

Dunkel war's, der Mond schien helle

Dunkel war's, der Mond schien helle,
Schneebedeckt die grüne Flur,
Als ein Wagen blitzesschnelle
Langsam um die Ecke fuhr.
Drinnen saßen stehend Leute
Schweigend ins Gespräch vertieft,
Während ein geschoßner Hase
Auf der Wiese Schlittschuh lief.
Und auf einer roten Bank,
Die blau angestrichen war,
Saß ein blondgelockter Jüngling
Mit kohlrabenschwarzem Haar.
Neben ihm 'ne alte Schachtel,
Zählte kaum erst sechzehn Jahr.
Und sie aß ein Butterbrot,
Das mit Schmalz bestrichen war.
Droben auf dem Apfelbaume,
Der sehr süße Birnen trug,
Hing des Frühlings letzte Pflaume
Und an Nüssen noch genug.

Mündlich überliefert
Aus: „Dunkel war's, der Mond schien helle"

Müdigkeit

Lang schon suche ich dir
Einen Namen zu geben, gewaltiger Widersacher:
Du legst mir das Joch auf, den trägen
Sandsack, deinen stumpfen Hammer,
Du machst mich zum Knecht.

Dich trag ich vom Feld zur Abendsuppe,
Ich fühl deine Last
Wenn der Mond sich hebt und die Fledermaus fliegt.
Die andern am Tische nennen mich Träumer
Während mein Haupt sich neigt vor dir
Hart an der Niederlage.

Rainer Brambach (1917–1983)
Aus: „Heiterkeit im Garten“

Dämmrung senkte sich von oben

Dämmrung senkte sich von oben,
Schon ist alle Nähe fern;
Doch zuerst emporgehoben
Holden Lichts der Abendstern!
Alles schwankt ins Ungewisse
Nebel schleichen in die Höh;
Schwarzvertiefte Finsternisse
Widerspiegelnd ruht der See.

Nun am östlichen Bereiche
Ahn ich Mondenglanz und -glut,
Schlanker Weiden Haargezweige
Scherzen auf der nächsten Flut.
Durch bewegter Schatten Spiele
Zittert Lunas Zauberschein,
Und durchs Auge schleicht die Kühle
Sänftigend ins Herz hinein.

Johann Wolfgang von Goethe (1749–1832)
Aus: „Sämtliche Gedichte, Band 3“

Wer aber recht bequem ist und faul,
Flög dem eine gebratne Taube ins Maul,
Er würde höchlich sichs verbitten,
Wär sie nicht auch geschickt zerschnitten.

Johann Wolfgang von Goethe (1749–1832)
Aus: „Sämtliche Gedichte, Band 3“

Ade zur guten Nacht

Ade zur guten Nacht,
jetzt ist der Schluß gemacht,
daß ich muß scheiden.
Im Sommer wächst der Klee,
im Winter schneit's den Schnee,
da komm ich wieder.

Es trauern Berg und Tal,
wo ich so viel tausendmal
bin drüber gegangen;
das hat deine Schönheit gemacht,
die hat mich zum Lieben gebracht
mit großem Verlangen.

Das Brünnlein rinnt und rauscht
wohl unterm Holderstrauch,
wo wir gesessen;
wie manchen Glockenschlag,
da Herz bei Herzen lag,
das hast du vergessen.

Die Mädchen in der Welt
sind falscher als das Geld
mit ihrem Lieben.
Ade zur guten Nacht!
Jetzt ist der Schluß gemacht,
daß ich muß scheiden.

Mündlich überliefert (um 1850)
Aus: „Das große Liederbuch"

Wandere!

Wenn dich ein Weib verraten hat,
So liebe flink eine andre;
Noch besser wär es, du ließest die Stadt –
Schnüre den Ranzen und wandre!

Du findest bald einen blauen See,
Umringt von Trauerweiden;
Hier weinst du aus dein kleines Weh
Und deine engen Leiden.

Wenn du den steilen Berg ersteigst,
Wirst du beträchtlich ächzen;
Doch wenn du den felsigen Gipfel erreichst,
Hörst du die Adler krächzen.

Dort wirst du selbst ein Adler fast,
Du bist wie neugeboren,
Du fühlst dich frei, du fühlst: du hast
Dort unten nicht viel verloren.

Heinrich Heine (1797–1856)
Aus: „Neue Gedichte. Neuer Frühling“

Jüngling und Mann

Der Jüngling schwört es und der Mann vergißt es.
Der sagt: so soll es sein! und der: so ist es.

Christian Morgenstern (1871–1914)
Aus: „Werke und Briefe, Band 2“

Schweigende Fahrgäste

Die Fremden, mit denen ich fahre,
Gezwungen einander gesellt –:
Aus jedem Augenpaare
Träumt eine andere Welt.
Doch wie ich mich allen verbinde
In schweigender Rätselei,
Irr ich vielleicht. Doch ich finde:
Man wird versöhnend dabei.

Joachim Ringelnatz (1883–1934)
Aus: „Das Gesamtwerk in sieben Bänden“

Sinkende Sonne

Ist nur Schein vom Scheine:
ein Abend, der verglüht –
wie alles Ungemeine,
das durch den Spiegel zieht.

Du denkst, du kannst es halten, –
es streift dir nur das Lid.
die wirklichen Gewalten
sind nicht um Spur bemüht.

Rudolf Hagelstange (1912–1984)
Aus: „Lied der Jahre“

Raumfahrer

Im Weltraum schwebt ein blauer Ball,
der Ball ist unsre Welt.
Die Erde ist ein Ball im All,
der nicht zur Erde fällt.

Im schwarzen Weltraum schwebten wir
verlassen und allein,
schwebte nicht der Himmel mit,
der schöne blaue Schein.

Reiner Kunze (* 1933)
Aus: „Wohin der Schlaf sich schlafen legt“

Freudvoll und leidvoll

Freudvoll
Und leidvoll
Gedankenvoll sein,
Langen
Und bangen
In schwebender Pein,
Himmelhoch jauchzend,
Zum Tode betrübt;
Glücklich allein
Ist die Seele, die liebt.

Johann Wolfgang von Goethe (1749–1832)
Aus: „Egmont“

Die Schaukel

Auf meiner Schaukel in die Höh,
was kann es Schöneres geben!
So hoch, so weit: die ganze Chaussee
und alle Häuser schweben.

Weit über die Gärten hoch, juchhee,
ich lasse mich fliegen, fliegen;
und alles sieht man, Wald und See,
ganz anders stehn und liegen.

Hoch in die Höh! Wo ist mein Zeh?
Im Himmel! ich glaube, ich falle!
Das tut so tief, so süß dann weh,
und die Bäume verbeugen sich alle.

Und immer wieder in die Höh,
und der Himmel kommt immer näher;
und immer süßer tut es weh –
der Himmel wird immer höher.

Richard Dehmel (1863–1920)
Aus: „Die Kinder dieser Welt“

Leute, die am höchsten stehn,
Müßten auch am weitsten sehn,
Wenn's in solcher Wolkensphäre
Nur nicht oft so neblig wäre.

Ludwig Fulda (1862–1939)
Aus: „Leben ist immer – lebensgefährlich"

unbestimmte zahlwörter
alle haben gewusst
viele haben gewusst
manche haben gewusst
einige haben gewusst
ein paar haben gewusst
keiner hat gewusst

Rudolf Otto Wiemer (* 1905)
Aus: „beispiele zur deutschen grammatik"

Es wandert eine schöne Sage
Wie Veilchenduft auf Erden um,
Wie sehnend eine Liebesklage
Geht sie bei Tag und Nacht herum.

Das ist das Lied vom Völkerfrieden
Und von der Menschheit letztem Glück,
Von goldner Zeit, die einst hinieden,
Der Traum als Wahrheit, kehrt zurück.

Wer jene Hoffnung gab verloren
Und böslich sie verloren gab,
Der wäre besser ungeboren;
Denn lebend wohnt er schon im Grab.

Gottfried Keller (1819–1890)
Aus: „Sämtliche Werke, Band 2“

Die Liebenden

Trennen wollten wir uns? wähnten es gut und klug;
Da wir's taten, warum schröckt' uns, wie Mord, die Tat?
Ach! Wir kennen uns wenig,
denn es waltet ein Gott in uns.

Friedrich Hölderlin (1770–1843)
Aus: „Sämtliche Gedichte"

Sag mir, wer einst die Uhren erfund,
Die Zeitabteilung, Minute und Stund?
Das war ein frierend trauriger Mann.
Er saß in der Winternacht und sann,
Und zählte der Mäuschen heimliches Quicken
Und des Holzwurms ebenmäßiges Picken.

Sag mir, wer einst das Küssen erfund?
Das war ein glühend glücklicher Mund;
Er küßte und dachte nichts dabei.
Es war im schönen Monat Mai,
Die Blumen sind aus der Erde gesprungen,
Die Sonne lachte, die Vögel sungen.

Heinrich Heine (1797–1856)
Aus: „Neue Gedichte. Neuer Frühling"

Strebt ihr Bürger zu sein,
so vergeßt nicht, Menschen zu bleiben.
Gehet unter der Mensch,
taugt auch der Bürger nicht viel.

Heinrich Hoffmann von Fallersleben (1798–1874)
Aus: „Leben ist immer – lebensgefährlich“

Memo

An die Weggejagten
dieses Jahrhunderts und auch
der vergangenen denke ich
den Blick aus dem Fenster
in die Ferne
aus der ich kam
gerichtet flüchtig
manchmal

Günter Kunert (* 1929)
Aus: „Stilleben“

Möwen

Ich weiß nicht, wo die Möwen die Nester haben,
wo sie Frieden finden.
Ich bin wie sie
in ewigem Flug.
Das Leben streife ich
wie sie das Wasser, die Nahrung zu greifen.
Und wie sie vielleicht lieb ich die Ruhe,
die große meerene Ruhe,
aber mein Schicksal ist Leben
taumelnd in Sturm.

Vincenzo Cardarelli (1887–1959)
Übersetzt von Norbert C. Kaser
Aus: „Gedichte“

Erinnerung an Stuttgart

Entschluß

Auf bessre Tage mögen andre warten,
Auf Tage, da die Menschen besser sind;
Ich geh für heute in den Rosengarten.
Er leuchtet im erwärmten Maienwind.

Für heute geh ich in den Rosengarten,
Wo ferne Wolken liebe Freunde sind;
Auf bessre Tage mögen andre warten;
Ich atme jetzt und diesen Maienwind.

Max Geilinger (1884–1948)
Aus: „Der vergessene Garten“

Auf ein Aprikosenblatt
hatte ich an Eides Statt
diese Worte hingeschrieben:
Ewig werde ich dich lieben.

Da entstand ein kleiner Wind.
Wo die Worte jetzt wohl sind?

Manfred Hausmann (1898–1986)
Aus: „Nachtwache, Alte Musik, Füreinander“

glückwunsch

wir alle wünschen jedem alles gute:
daß der gezielte schlag ihn just verfehle;
daß er, getroffen zwar, sichtbar nicht blute;
daß, blutend wohl, er keinesfalls verblute;
daß, falls verblutend, er nicht schmerz empfinde;
daß er, von schmerz zerfetzt, zurück zur stelle finde
wo er den ersten falschen schritt noch nicht gesetzt –
wir jeder wünschen allen alles gute

Ernst Jandl (* 1925)
Aus: „Gesammelte Werke"

Aufstieg

Das ist eine feine
Sache für uns zwei:
Über uns wird eine
Kellerwohnung frei.

Kurt Bartsch (* 1937)
Aus: „Weihnacht ist und Wotan reitet."

Pompeji: Garten des Fauns

Ein Bronzebildnis. Und es spricht
von einem Menschsein, das man längst vergaß:
Graziös und sinnlich. Kein Verzicht
auf Leben: Sand im Stundenglas.

Dem Faun im Garten am Vesuv
bringst du verstohlen eine Gabe dar:
Maschinenmensch, der selbst sich schuf,
der Tugend wie der Laster bar.

Unüberwindlich bleibt die Zeit:
Zum Brückenschlag fehlt dir das Wort.
Nur leere Trümmer geben dir Bescheid
und weisen dich geduldig fort.

Günter Kunert (* 1929)
Aus: „Berlin beizeiten“

Die virtuelle Verrückung

Nicht das Dasein, das Ich ist immer anderswo. Jemandem gegenüber sitzen und sagen das bin ich. Das Bewußtsein ist ein Papierhügel, in dem man seinen Namen versteckt hält bis ihm die Papierhaut abgezogen wird, ganz leicht sehr schwer.

Max Bense (1910–1990)
Aus: „nur glas ist wie glas“

der linie folgen
im raum bleiben

die linie verlassen
im raum bleiben

verlassen im raum
der linie folgen

den raum verlassen
der linie folgen

die linie verlassen
den punkt finden

Eugen Gomringer (* 1925)
Aus: „konstellationen ideogramme stundenbuch“

Erinnerung an Stuttgart

Dort hat es mir gefallen. Einundfünfzig Jahre lang
Hab ich in Stuttgart leben dürfen. Das genügt
Sagen die Leute, und das Schicksal denkt
Wahrscheinlich wie die Leute, weil es sonst
Mich nicht vertrieben hätte aus der Heimat.

Hermann Lenz (* 1913)
Aus: „Zeitlebens"

wanderung

vom vom   zum zum
vom zum   zum vom

von vom zu vom

vom vom   zum zum

von zum zu zum

vom zum   zum vom
vom vom   zum zum

und zurück

Ernst Jandl (* 1925)
Aus: „Gesammelte Werke"

fallen.
viele fallen.
viele fühlen : fallen.
viele fühlen fallende fallen.
viele fühlen wie sie fallen.
viele fühlen fallend die fallen.
viele fielen und füllten die fallen.
viele gefallene füllen die fallen.
vielen gefallen die vollen fallen.

Franz Mon (* 1926)
Aus: „fallen stellen“

Glück – Scheues Tier

Blühendes Mandelbäumchen
zart begannst du mit deinen Knospen
meine dunkle Wohnung aufzuhellen
aber nun schäumst du so in Weiß
daß der ganze Raum verhaltenen Atems ist
bang
vor dem ersten sinkenden Blütenblatt

Paula Ludwig (1900–1974)
Aus: „Dem dunklen Gott“

Glück

Scheues Tier
geflügeltes

ohne Namen

wagt's einer
dich zu benennen

hebst du
die Schwingen

Vera Lebert-Hinze (* 1930)
Aus: „Ein wenig von Verschwörung“

Die erste alte Tante sprach:
Wir müssen nun auch dran denken,
Was wir zu ihrem Namenstag
Dem guten Sophiechen schenken.

Drauf sprach die zweite Tante kühn:
Ich schlage vor, wir entscheiden
Uns für ein Kleid in Erbsengrün,
Das mag Sophiechen nicht leiden.

Der dritten Tante war das recht:
Ja, sprach sie, mit gelben Ranken!
Ich weiß, sie ärgert sich nicht schlecht
Und muß sich auch noch bedanken.

Wilhelm Busch (1832–1908)
Aus: „Kritik des Herzens“

Lied

Was ich habe, will ich nicht verlieren, aber
wo ich bin will ich nicht bleiben, aber
die ich liebe, will ich nicht verlassen, aber
die ich kenne will ich nicht mehr sehen, aber
wo ich lebe, da will ich nicht sterben, aber
wo ich sterbe, da will ich nicht hin:
Bleiben will ich, wo ich nie gewesen bin.

Thomas Brasch (* 1945)
Aus: „KARGO“

Früh, wenn Tal, Gebirg und Garten
Nebelschleiern sich enthüllen
Und dem sehnlichsten Erwarten
Blumenkelche bunt sich füllen,

Wenn der Äther, Wolken tragend,
Mit dem klaren Tage streitet,
Und ein Ostwind, sie verjagend,
Blaue Sonnenbahn bereitet,

Dankst du dann, am Blick dich weidend,
Reiner Brust der Großen, Holden,
Wird die Sonne, rötlich scheidend,
Rings den Horizont vergolden.

Johann Wolfgang v. Goethe (1749–1832)
Aus: „Sämtliche Gedichte, Band 1"

Die Heinzelmännchen

Wie war zu Köln es doch vordem
Mit Heinzelmännchen so bequem!
Denn, war man faul, ... man legte sich
Hin auf die Bank und pflegte sich:
   Da kamen bei Nacht,
   Ehe mans gedacht,
   Die Männlein und schwärmten
   Und klappten und lärmten,
   Und rupften
   Und zupften,
   Und hüpften und trabten
   Und putzten und schabten ...
Und eh ein Faulpelz noch erwacht, ...
War all sein Tagewerk ... bereits gemacht!

August Kopisch (1799–1853)
Aus: „Lyrikbuch“

Ein Ochs ging auf die Wiese,
Wo er nach Kräften fraß.
Da waren Blumen, Kräuter,
Es kümmert ihn nicht weiter:
Für ihn war alles Gras.

Franz Grillparzer (1791–1872)
Aus: „Werke, Band 1“

Im Norden

Dir bleiben ja die großen Himmel über Deichen.
Die Wolkenwerke. Weißes Licht. Gekröntes Blau.
Die Sehnsucht, weit hinaufzureichen
zu einem Blick aus jener Vogelschau

aus der die Erde fremd wirkt: Nur ein Hügel
in fahlen Farben und wie unbelebt.
Und du erinnerst dich der eigenen Flügel
in einem Traum, der selber längst verschwebt.

Günter Kunert (* 1929)
Aus: „Berlin beizeiten“

Television

Abends vorm Bildschirm
komme ich endlich zu mir.
Ich schließe die Augen
und horche in mich hinein.

Arnfrid Astel (* 1933)
Aus: „Kläranlage“

Der römische Brunnen

Aufsteigt der Strahl und fallend gießt
Er voll der Marmorschale Rund,
Die, sich verschleiernd, überfließt
In einer zweiten Schale Grund;
Die zweite gibt, sie wird zu reich,
Der dritten wallend ihre Flut,
Und jede nimmt und gibt zugleich
Und strömt und ruht.

Conrad Ferdinand Meyer (1825–1898)
Aus: „Gedichte“

Ehret die Frauen!

Beschreibung

Wenn du die Wohnungstür öffnest,
betrittst du ein Zimmer.
Von diesem Zimmer
gehen drei Türen ab.
Die erste Tür führt auf die Terrasse.
Die zweite Tür führt ins Schlafzimmer.
Die dritte Tür führt in die Küche.
Von der Küche
gehen zwei Türen ab.
So wohnte ich,
und alles Unverständliche
ereignete sich da.

Rainer Malkowski (* 1939)
Aus: „Zu Gast“

Der Fischer

Hier sitz ich mit lässigen Händen
In still behaglicher Ruh
Und schaue den spielenden Fischlein
Im glitzernden Wasser zu.

Sie jagen und gehen und kommen;
Doch werf ich die Angel aus,
Flugs sind sie von dannen geschwommen,
Und leer kehr ich abends nach Haus.

Versucht ich's und trübte das Wasser,
Vielleicht geläng es eh;
Doch müßt ich dann auch verzichten,
Sie spielen zu sehen im See.

Franz Grillparzer (1791–1872)
Aus: „Werke, Band 1"

Aquarell

Bewegliche Farben, naß in naß,
fließen zusammen, gehen ins Gras,
das liegt schon langhin ausgebreitet,
die Himmel drüber sind geweitet,
stumm und dunkel wachsen Bäume auf,
leise, träge läuft der See jetzt aus,
das Land verliert die festen Grenzen
in Farben, die im Fließen glänzen.

Hans Georg Bulla (* 1949)
Aus: „Der Schwimmer“

Der Maulwurf hört in seinem Loch
Ein Lerchenlied erklingen
Und spricht: „Wie sinnlos ist es doch,
Zu fliegen und zu singen!“

Emanuel Geibel (1815–1884)
Aus: „Leben ist immer – lebensgefählich“

Der Dichter macht mir ein Gedicht.
Gedichte kosten Geld, ich weiß.
Er macht mir eins, das reimt sich nicht,
das läßt er mir zum halben Preis.

Frantz Wittkamp (* 1943)
Aus: „Alle Tage, immer wieder“

Platzanweiser

Aufrücken bitte
einer hat immer
noch Platz

mehr zu sich
selbst stehen bitte

mehr
zu den andern

Werner Dürrson (* 1932)
Aus: „Werke, Band 2"

Daß alle andern anders sind,
das ist mir längst egal.
Ich weiß, der Rest der Menschheit spinnt,
nur ich bin ganz normal.

Frantz Wittkamp (* 1943)
Aus: „Alle Tage, immer wieder"

Im Bahnhofsrestaurant

Der Maler Beckmann, heißt es,
saß gern im Bahnhofsrestaurant.

Ich verstehe das gut.

Keine falsche Nähe.

Keine Verstellungen,
weil man bekannt ist.

Alles rücksichtslos lebendig
und rücksichtslos
flüchtig –

ein bleibender
Eindruck.

Rainer Malkowski (* 1939)
Aus: „Was auch immer geschieht“

Unendlichkeit

Wer weiß der Vögel Flug,
Und wer den Weg des Windes?
Wer folgt dem Wolkenzug,
Dem Lächeln eines Kindes,

Dem Licht im Weizenfeld,
Dem Fall der Regentropfen,
Dem Herbstlied aller Welt:
Früchte, die niederklopfen?

Du würdest arm und alt,
Eh daß du könntst durchdringen
Die ewige Gewalt
In den geringen Dingen.

Albrecht Goes (* 1908)
Aus: „Lichtschatten du“

Das Lied von der Moldau

Am Grunde der Moldau wandern die Steine
Es liegen drei Kaiser begraben in Prag.
Das Große bleibt groß nicht
und klein nicht das Kleine.
Die Nacht hat zwölf Stunden,
dann kommt schon der Tag.

Es wechseln die Zeiten. Die riesigen Pläne
der Mächtigen kommen am Ende zum Halt.
Und gehn sie einher auch wie blutige Hähne
Es wechseln die Zeiten, da hilft kein Gewalt.

Am Grunde der Moldau wandern die Steine
Es liegen drei Kaiser begraben in Prag.
Das Große bleibt groß nicht
und klein nicht das Kleine.
Die Nacht hat zwölf Stunden,
dann kommt schon der Tag.

Bertolt Brecht (1898–1956)
Aus: „Die Gedichte“

DU HARTER november
warst mir ein balkon,
es trug dein luftzug
den hut mir davon.

ein hut voller liebe
mit veilchen im band,
der flog wie ein vogel
in wildfernes land.

der hut ist nun hin ja,
weißgott auch, wie weit,
nun hat ihm die schneefee
die krempe beschneit.

ihr grünkühles auge,
ihr frostroter mund,
die rauhreifen locken
tun winter ihm kund.

H. C. Artmann (* 1921)
Aus: „Aus meiner Botanisiertrommel“

Verschneiter Weg

Es ist ein Schnee gefallen
Und ist es doch nit Zeit,
Man wirft mich mit den Ballen,
Der Weg ist mir verschneit.

Mein Haus hat keinen Giebel,
Es ist mir worden alt,
Zerbrochen sind die Riegel,
Mein Stüblein ist mir kalt.

Ach Lieb, laß dich's erbarmen
Daß ich so elend bin,
Und schleuß mich in dein Arme!
So fährt der Winter hin.

Unbekannter Dichter
Nach einer Handschrift von 1467
Aus: „Über die Liebe“

Sommertage

Unter Bäumen, grün im
Schatten sitzen wir,
aus der Hand die Kirschen
in den Mund,
heiter im Wechsel
das Reden, das schönere
Schweigen,
aus diesen Tagen werden wir
leben, tief in
Winterzimmern,
Glück im Gedächtnis.

Hans Georg Bulla (* 1949)
Aus: „Kindheit und Kreide"

WENN WIR
in Drachenblut
baden,

ein Lindenblatt
soll uns
gnädig sein,

daß wir
verwundbar
bleiben.

Peter Horst Neumann (* 1936)
Aus: „Pfingsten in Babylon"

Schillers Lob der Frauen
Parodie

Ehret die Frauen! Sie stricken die Strümpfe,
Wollig und warm, zu durchwaten die Sümpfe,
Flicken zerrissene Pantalons aus,
Kochen dem Manne die kräftigen Suppen,
Putzen den Kindern die niedlichen Puppen,
Halten mit mäßigem Wochengeld Haus.

Doch der Mann, der tölpelhafte
Find't am Zarten nicht Geschmack.
Zum gegornen Gerstensafte
Raucht er immerfort Tabak,
Brummt, wie Bären an der Kette,
Knufft die Kinder spat und fruh,
Und dem Weibchen, nachts im Bette,
Kehrt er gleich den Rücken zu.

August Wilhelm Schlegel (1767–1845)
Aus: „Gedichte der deutschen Romantik"

Parodie auf Schillers Gedicht „Würde der Frauen" (1800), das folgendermaßen beginnt:
„Ehret die Frauen! sie flechten und weben
Himmlische Rosen ins irdische Leben."

Ich steig in jeden Vorortzug

Orpheus

Ich steig in jeden Vorortzug
In dem eine Frau mit Samthut sitzt
Und Traum um die Augen wie du!
In allen Opernhäusern such ich die Logen ab
Für jeden Dampfer nach Thule hab ich Karten:
Seit ich, Eurydike, dich verlor
Weil ich mich einmal umsah
Muß ich mich umsehn
Nach allen Frauen der Erde.

Yvan Goll (1891–1950)
Aus: „Die Lyrik"

Wie die Vögel, welche an den großen
Glocken wohnen in den Glockenstühlen,
plötzlich von erdröhnenden Gefühlen
in die Morgenluft gestoßen
und verdrängt in ihre Flüge
Namenszüge
ihrer schönen
Schrecken um die Türme schreiben:

können wir bei diesen Tönen
nicht in unsern Herzen bleiben

Rainer Maria Rilke (1875–1926)
Aus: „Die Gedichte"

Nachtigall in Hannover

Ich kam vom Konzert für die Grünen
Da sang mir am Parkplatz 'ne Nachtigall
So sterbesüßlich so dunkelklar
Ich hockte im Ford und lächelte dumm
Und drehte den Zündschlüssel lange nicht um
Und dachte, das ist nicht wahr

Das kann ja nicht wahr sein, dachte ich
Die zwitschert den treudeutschen Blues
Die trällert so sterbesüßdunkelklar
Die singt mir hier mitten was in der Stadt
Genau was sie früher gesungen hat
Und ewig bevor ich war

Wolf Biermann (* 1936)
Aus: „Alle Gedichte“

Der Eisbär

Der Eisbär prustet und erklimmt
den Eisberg, der im Eismeer schwimmt.
Und schreitet, groß und stark und weiß,
durch den Palast aus grünem Eis.

Josef Guggenmos (* 1922)
Aus: „Die Stadt der Kinder“

Terzinen über Vergänglichkeit (I)

Noch spür ich ihren Atem auf den Wangen:
Wie kann das sein, daß diese nahen Tage
Fort sind, für immer fort, und ganz vergangen?

Dies ist ein Ding, das keiner voll aussinnt,
Und viel zu grauenvoll, als daß man klage:
Daß alles gleitet und vorüberrinnt.

Und daß mein eignes Ich, durch nichts gehemmt,
Herüberglitt aus einem kleinen Kind,
Mir wie ein Hund unheimlich stumm und fremd.

Dann: daß ich auch vor hundert Jahren war
Und meine Ahnen, die im Totenhemd,
Mit mir verwandt sind wie mein eignes Haar

So eins mit mir als wie mein eignes Haar.

Hugo von Hofmannsthal (1874–1929)
Aus: „Gedichte“

Wenn man der Jugend reine Wahrheit sagt,
Die gelben Schnäbeln keineswegs behagt,
Sie aber hinterdrein nach Jahren
Das alles derb an eigner Haut erfahren,
Dann dünkeln sie, es käm aus eignem Schopf;
Da heißt es denn: der Meister war ein Tropf.

Johann Wolfgang von Goethe (1749–1832)
Aus: „Faust", 2. Akt

Schütteln

Auf Flaschen steht bei flüssigen Mitteln,
Man müsse vor Gebrauch sie schütteln.
Und dies begreifen wir denn auch –
Denn zwecklos ist es *nach* Gebrauch.
Auch Menschen gibt es, ganz verstockte,
Wo es uns immer wieder lockte,
Sie herzhaft hin- und herzuschwenken,
In Fluß zu bringen so ihr Denken,
Ja, sie zu schütteln voller Wut –
Doch lohnt sich nicht, daß man das tut.
Man laß sie stehn an ihrem Platz
Samt ihrem trüben Bodensatz.

Eugen Roth (1895–1976)
Aus: „Der Wunderdoktor"

An die Sonne

Schöner als der beachtliche Mond
und sein geadeltes Licht,
Schöner als die Sterne,
die berühmten Orden der Nacht,
Viel schöner als der feurige Auftritt eines Kometen
Und zu weit Schönrem berufen als jedes andre Gestirn,
Weil dein und mein Leben jeden Tag an ihr hängt, ist
die Sonne. (...)

Ingeborg Bachmann (1926–1973)
Aus: „Werke"

Die vielen Dinge, die du tief versiegelt
durch deine Tage trägst in dir allein,
die du auch im Gespräche nie entriegelt,
in keinen Brief und Blick sie ließest ein,

die schweigenden, die guten und die bösen,
die so erlittenen, darin du gehst,
die kannst du erst in jener Sphäre lösen,
in der du stirbst und endend auferstehst.

Gottfried Benn (1886–1956)
Aus: „Sämtliche Gedichte", Epilog, V

Pfeifen

Klavier und Geige, die ich wahrlich schätze,
Ich konnte mich mit ihnen kaum befassen;
Mir hat bis jetzt des Lebens rasche Hetze
Nur zu der Kunst des Pfeifens Zeit gelassen.

Zwar darf ich mich noch keinen Meister nennen,
Lang ist die Kunst und kurz ist unser Leben.
Doch alle, die des Pfeifens Kunst nicht kennen,
Bedaure ich. Mir hat sie viel gegeben.

Drum hab ich längst mir innigst vorgenommen,
In dieser Kunst von Grad zu Grad zu reifen,
Und hoffe endlich noch dahin zu kommen,
Auf mich, auf euch, auf alle Welt zu pfeifen.

Hermann Hesse (1877–1962)
Aus: „Gesammelte Werke“

Der Schnee fällt nicht hinauf

Seht ihr den Mond dort stehen? –
Er ist nur halb zu sehen,
Und ist doch rund und schön!
So sind wohl manche Sachen,
Die wir getrost belachen,
Weil unsre Augen sie nicht sehn.

Matthias Claudius (1740–1815)
Aus: „Der Wandsbecker Bote“

Ein großer Teich war zugefroren;
Die Fröschlein, in der Tiefe verloren,
Durften nicht ferner quaken noch springen,
Versprachen sich aber, im halben Traum:
Fänden sie nur da oben Raum,
Wie Nachtigallen wollten sie singen.
Der Tauwind kam, das Eis zerschmolz,
Nun ruderten sie und landeten stolz
Und saßen am Ufer weit und breit
Und quakten wie vor alter Zeit.

Johann Wolfgang von Goethe (1749–1832)
Aus: „Gedichte in zeitlicher Folge“

Gefühl kann ganz verschieden sitzen:
Der hat es in den Fingerspitzen,
bei jenem aber ist's verzogen
hinauf bis an die Ellenbogen.
Es ist zwar dann nicht mehr ganz fein,
doch soll es sehr von Vorteil sein.

Eugen Roth (1895–1976)
Aus: „Der Wunderdoktor"

DER WOLF UND DER STORCH
Stets frißt der Wolf mit gier'ger Hast.
Ein Wolf hat so sich übernommen
Bei einem Picknick, daß er fast
Dabei ums Leben wär gekommen:
In seiner Kehle steckt ihm fest ein Knochenstück,
Er konnte nicht mehr schrein; da kommt zu seinem Glück
Ein Storch des Weges just zu gehen.
Er winkt; der naht – ein Weilchen nur,
Und schon kann man als Arzt ihn bei der Arbeit sehen.
Er zieht den Knochen aus. Drauf für gelungne Kur
Sein Honorar gefordert hat er.
„Was? Honorar?" – versetzt zur Stund
Der Wolf – „Du spaßest wohl, Gevatter?
Ist's nicht schon viel, daß du gesund
Und heil gerettet hast den Hals aus meinem Schlund?
Geh, Undankbarer, deiner Wege!
Komm nie mir wieder ins Gehege!"

Jean de la Fontaine (Frankreich, 1621–1695)
Aus: „Sämtliche Fabeln"

Astern

Astern –, schwälende Tage,
alte Beschwörung, Bann,
die Götter halten die Waage
eine zögernde Stunde an.
Noch einmal die goldenen Herden
der Himmel, das Licht, der Flor,
was brütet das alte Werden
unter den sterbenden Flügeln vor?
Noch einmal das Ersehnte,
den Rausch, der Rosen Du –,
der Sommer stand und lehnte
und sah den Schwalben zu,
noch einmal ein Vermuten,
wo längst Gewißheit wacht:
die Schwalben streifen die Fluten
und trinken Fahrt und Nacht.

Gottfried Benn (1886–1956)
Aus: „Statische Gedichte“

DAS ELEKTRIZITÄTSWERK
wird Augen machen,
wenn es versucht,
mir für den letzten
Monat
die Rechnung
zu präsentieren:
Nie ferngesehen,
in deinen Augen sah ich mehr.
Nie Radio gehört,
deine Augen waren beredter.
Nie Licht gebraucht,
deine Augen strahlten so sehr.

Robert Gernhardt (*1937)
Aus: „Gedichte 1954–1997"

Porträt eines Kindes

Wie viel
durch diese sehr offenen Augen
noch durchmuß

an Menschen, Bildern
und Schrecken,
an Tränen und Garben
von Licht –

Jetzt spiegeln sie,
zwischen Fristen von Schlaf,
von außen und innen
den Himmel.

Richard Exner (*1929)
Aus: „Gedichte 1953–1991“

Der Schnee

Der Schnee fällt nicht hinauf,
sondern nimmt seinen Lauf
hinab und bleibt hier liegen,
noch nie ist er gestiegen.

Er ist in jeder Weise
in seinem Wesen leise,
von Lautheit nicht die kleinste Spur.
Glichest doch du ihm nur.

Das Ruhen und das Warten
sind seiner üb'raus zarten
Eigenheit eigen,
er lebt im Sichhinunterneigen.

Nie kehrt er dorthin je zurück,
von wo er niederfiel,
er geht nicht, hat kein Ziel,
das Stillsein ist sein Glück.

Robert Walser (1878–1956)
Aus: „Die Gedichte"

Weihnachten in der Schule

Hört mal zu!
Auch Du!
Wenn das Jahr zu Ende geht
wird es abends früher spät
alle tragen feste Schuhe
Ruhe!
Weißer Schnee füllt bald die Straßen
Markt und alles ist verlassen
will
Karlchen, sei doch still!
Willig kommt der Weihnachtsmann
hat ein rotes Röckchen an
hell wird jedes Licht
Peter, red jetzt nicht!
Und ein großer Kerzenschein
wollt Ihr endlich ruhig sein!
Hüpfet über Stock und Stein –
Karlchen, Dich sperr ich jetzt ein!
Und zu unsern Lieben
kommt aus Heu und Stroh
Ruhe endlich! Wo
bin ich steh'n geblieben?

F. W. Bernstein (*1938)
Aus: „Reimwärts“

WAS ES ALLES GIBT

Da gibt es die, die schlagen
Da gibt es die, die rennen
Da gibt es die, die zündeln
Da gibt es die, die brennen

Da gibt es die, die wegsehn
Da gibt es die, die hinsehn
Da gibt es die, die mahnen:
Wer hinsieht, muß auch hingehn

Da gibt es die, die wissen
Da gibt es die, die fragen
Da gibt es die, die warnen:
Wer fragt, wird selbst geschlagen

Da gibt es die, die reden
Da gibt es die, die schweigen
Da gibt es die, die handeln:
Was wir sind, wird sich zeigen.

Robert Gernhardt (*1937)
Aus: „Gedichte 1954–1997“

Handeln und Traum sind Geschwister

Wer sich selbst und andre kennt,
Wird auch hier erkennen:
Orient und Okzident
Sind nicht mehr zu trennen.

Sinnig zwischen beiden Welten
Sich zu wiegen, laß ich gelten;
Also zwischen Ost- und Westen
Sich bewegen, sei's zum Besten!

Johann Wolfgang von Goethe (1749–1832)
Aus: „West-Östlicher Divan",
nach: „Gedichte in zeitlicher Folge"

Lisboa

Esta névoa sobre a cidade, o rio,
as gaivotas doutros dias, barcos, gente
apressada ou com o tempo todo para perder,
esta névoa onde começa a luz de Lisboa,
rosa e limão sobre o Tejo, esta luz de água,
nada mais quero de degrau em degrau.

Lissabon

Dieser Nebel über der Stadt, der Fluß,
die Möwen aus anderen Tagen, Schiffe, Menschen,
die es eilig oder alle Zeit zu verlieren haben,
dieser Nebel, in dem Lissabons Licht beginnt,
Rose und Zitrone über dem Tejo, dieses Wasserlicht,
nichts mehr wünsche ich mir von Stufe zu Stufe.

Eugénio de Andrade (*1923)
Aus: „Stilleben mit Früchten“
Aus dem Portugiesischen übertragen von Curt Meyer-Clason.

. . . El mar hierve y canta . . .
El mar es un sueño sonoro
bajo el sol de abril.
El mar hierve y ríe
con olas azules y espumas de leche y de plata,
el mar hierve y ríe
bajo el cielo azul.
El mar lactescente,
el mar rutilante,
que ríe en sus liras de plata sus risas azules . . .
¡Hierve y ríe el mar! . . .

. . . Das Meer brodelt und singt . . .
Das Meer ist ein wohltönender Traum
unter der Sonne des Aprils.
Das Meer brodelt und lacht
mit blauen Wellen und mit Gischt aus Milch und Silber,
das Meer brodelt und lacht
unter dem blauen Himmel.
Das milchige Meer,
das glitzernde Meer,
das sein blaues Gelächter auf seinen Silberleiern lacht . . .
Es brodelt und lacht das Meer! . . .

Antonio Machado (1875–1939)
Aus: „Soledades. Einsamkeiten"
Aus dem Spanischen übertragen von Fritz Vogelgsang.

. . . Certes, délicieuse est la brume,
au soleil levant sur les plaines
Et délicieux le soleil;
Délicieuse à nos pieds nus la terre humide
Et le sable mouillé par la mer;
Délicieuse à nous baigner fut l'eau des sources;
A baiser les inconnues lèvres
que mes lèvres touchèrent dans l'ombre . . .
Mais des fruits – des fruits – Nathanaël,
que dirai-je?
Oh! que tu ne les aies pas connus,
Nathanaël, c'est bien là ce qui me désespère.
Leur pulpe était délicate et juteuse . . .

. . . Gewiß, köstlich ist der Nebel,
wenn die Sonne über den Ebenen aufgeht,
Und köstlich die Sonne;
Köstlich unseren nackten Füßen das feuchte Gras
Und der vom Meer benetzte Sand;
Köstlich, uns zu baden darin, war das Wasser der Quellen,
Unbekannte Lippen zu küssen,
die meine Lippen berührten im Dunkeln . . .
Von den Früchten aber, – den Früchten, – Nathanael,
was soll ich von ihnen sagen?
O daß du sie nicht gekannt hast,
Nathanael, das eben läßt mich verzweifeln.
Ihr Fleisch war zart und saftig . . .

André Gide (1869–1951)
Aus: „Les Nourritures Terrestres"
Aus dem Französischen übertragen von Friedhelm Kemp.

Sereno

Dopo tanta
nebbia
a una
a una
si svelano
le stelle

Respiro
il fresco
che mi lascia
il colore
del cielo

Mi riconosco
immagine
passeggera

Presa in un giro
immortale

Heiter

Nach soviel
Nebel
enthüllen sich
einer
um den andern
die Sterne

Ich atme
die Frische
aus der Farbe
des Himmels

Ich begreife mich
ein flüchtiges Bild

Hinter ein unsterbliches
Licht geführt

Giuseppe Ungaretti (1888–1970)
Aus: „Gedichte italienisch und deutsch"
Aus dem Italienischen übertragen von Ingeborg Bachmann.

Ὑπάρχουν κολῶνες ἀπὸ πέτρα
κολῶνες ἀπὸ κατακόρυφο νερὸ
κολῶνες ἀπὸ διστακτικὸ χαμόγελο —
κι αὐτὲς θὰ μποροῦσαν νὰ κρατήσουν ἕνα ἀέτωμα.
Μὴν ἐμποδίσετε, φίλοι, ἕνα χαμόγελο.
Ἐπάνω στὴν ἐμπιστοσύνη χτίζονται τὰ σπίτια.
Ἡ πράξη καὶ τ᾽ ὄνειρο εἶναι ἀδέλφια.
Κι εἶναι ἀδελφοί μας καὶ τὰ δυό.

Es gibt Säulen aus Stein,
Säulen lotrecht stürzenden Wassers,
manche stehen in unschlüssigem Lächeln wie Säulen –
auch sie könnten einen schönen Giebel tragen.
Laßt doch ein Lächeln zu, Freunde.
Auf Vertrauen bauen Häuser sich gut.
Handeln und Traum sind Geschwister.
Und wir sind verbrüdert mit beiden.

Jannis Ritsos (1909–1990)
Aus: „Gedichte“
Aus dem Griechischen übertragen von Klaus-Peter Wedekind.

Bir İş Var

Her gün bu kadar güzel mi bu deniz?
Böyle mi görünür gökyüzü her zaman?
Her zaman güzel mi bu kadar,
Bu eşya, bu pencere?
Değil
Vallahi değil;
Bir iş var bu işin içinde.

Es gibt da irgend etwas

Ist dieses Meer jeden Tag so schön?
Sieht der Himmel immer so aus?
Sind diese Möbel, dieses Fenster
Immer so?
Nein,
Ich schwöre, es ist nicht immer so.
Es gibt da irgend einen Trick bei der ganzen Sache.

Orhan Veli Kanık (1914–1950)
Aus: „Fremdartig/Garip"
Aus dem Türkischen übertragen von Yüksel Pazarkaya.

٣٠ آب ١٩٨٥

عِنْدَ مَنْبعهِ يَهْدر النهرُ ،

في الوديانِ يَتَناثر ،

في السهولِ يتأمّل ،

قريباً من البحرِ يرتعد ،

وفيه يسكت .

30. August 1985
An der Quelle
rauscht der Fluß,
in den Tälern
teilt er sich,
in den Ebenen
meditiert er,
in der Nähe des Meeres
zittert er,
im Meer
schweigt er.

Fuad Rifka (*1930)
Aus: „Tagebuch eines Holzsammlers"
Aus dem Arabischen übertragen von U. u. S. Y. Assaf.

הַחוֹזֵר

הַחוֹזֵר לְיַמּוֹ
חָשׁ יוֹתֵר מֶלַח בָּאַצּוֹת. הַחוֹזֵר
לְעִירוֹ מְגַלֶּה מִנְהָרוֹת לֹא יָדַע.
נִקְלָע לַשּׁוּק
בּוֹ מַכְרִיזִים עַל בִּכּוּרֵי־תּוּתִים
יֹאכַל יַלְדוּתוֹ
וְיִזְכֹּר אֶת הַיַּאַר וְאֶת
הַתּוּת הָאַחֵר

Einer der zurückkehrt
Einer der zurückkehrt an sein Meer
fühlt schärfer das Salz in den Augen.
Einer der zurückkehrt in seine Stadt
entdeckt Tunnel, ihm unbekannt.
Er kommt auf den Markt wo man
die ersten Beeren ausruft,
zehrt von seiner Kindheit
erinnert sich an den Wald und
die Beeren die anders waren.

David Rokeah (1916–1985)
Aus: „Wo Stachelrosen wachsen“

أبي

غض طرفا عن القمر
وانحنى يحضن التراب
وصلى ...
لسماء بلا مطر،
ونهاني عن السفر!

مر في الأفق كوكب
نازلا ... نازلا
وكان قميصي
بين نار، وبين ريح
وعيوني تفكر
برسوم على التراب
وأبي قال مرة:
الذي ماله وطن
ما له في الثرى ضريح
... ونهاني عن السفر!

Mein Vater
wandte den Blick vom Mond,
beugte sich, wühlte den Staub
und betete . . .
für regenlosen Himmel.
Und verbot mir zu reisen.

. . . Am Horizonte ein Stern
zog hin, fiel und fiel
Und es war mein Hemd
zwischen Feuer und Wind
und meine Augen grübelnd
über Formen im Staub

Mein Vater sagte einmal
Wer keine Heimat hat
hat auch auf Erden
kein Grab

. . . und verbot mir
zu reisen.

Mahmud Darwish (*1942 in Palästina)
Aus: „Diwan Mahmud Darwish“
Aus dem Arabischen übertragen von Annemarie Schimmel.

Der Sonnengesang Echnatons

Schön erscheinst du
im Horizonte des Himmels,
du lebendige Sonne,
die das Leben bestimmt!
Du bist aufgegangen im Osthorizont
und hast jedes Land mit deiner Schönheit erfüllt.
Schön bist du, groß und strahlend,
hoch über allem Land.

Deine Strahlen umfassen die Länder
bis ans Ende von allem, was du geschaffen hast . . .

Amenhotep genannt Echnaton
(ägyptischer König 1364–1347 v. Chr.)
Aus: „Altägyptische Dichtung“
Übertragen von Erik Hornung.

Quand le serpent se sent mal
dans sa peau
il en sort lentement
silencieusement
l'abandonne sur la terre brûlée
et glisse entre les pierres nues
ses membranes fraîches
à la recherche d'un habit plus digne

Wenn die Schlange sich nicht wohlfühlt
in ihrer Haut
kriecht sie aus ihr heraus, langsam
leise
überläßt sie der verbrannten Erde
und gleitet zwischen den nackten Steinen dahin
in ihrer kühlen zarten Hülle
auf der Suche nach einem würdigeren Gewand.

Monira Skandrani (*1955)
Aus: „Anthologie de la Poésie Tunisienne de Langue Française"
Aus dem Französischen übertragen von Ursel Hosch.

لقد صار قلبي قابلاً كلَّ صورة
فمرعىً لغزلانٍ ودَيرٌ لرُهبانِ
وبيت لأوثانٍ وكعبةُ طائفٍ
وألواحُ توراةٍ ومصحف قرآنِ
أَدينُ بدين الحُبّ أنَى توجَّهتُ
ركائبه فالحُبّ ديني وأيماني

Bekenntnis

Mein Herz ward fähig, jede Form zu tragen,
Gazellenweide, Kloster wohlgelehrt,
ein Götzentempel, Kaaba eines Pilgers,
der Thora Tafeln, der Koran geehrt,
Ich folg' der Religion der Liebe wo auch
ihr Reittier zieht, hab' ich mich hingekehrt.

Ibn 'Arabi (1165 Murcia/Spanien–1240 Damaskus)
Aus: „Tarjumān al-ashwāq"
Aus dem Arabischen übertragen von Annemarie Schimmel.

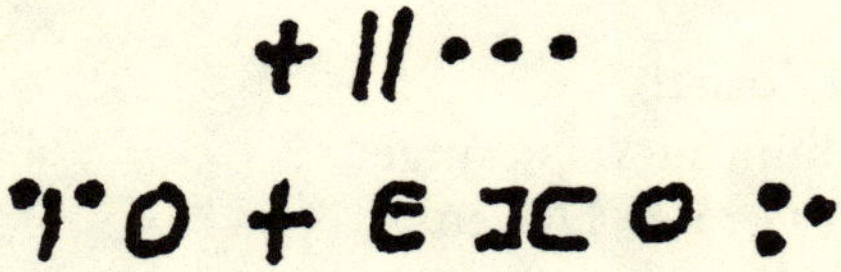

Die guten Taten,
die du heute hinter dir läßt,
werden morgen vor dir sein.

Nachdichtung von Gert Müller
Aus: „Wie Sand im Licht des Mondes. Dichtung der Tuareg“

Ihr Frauen
von Uhat und Ta'urirt!
Wer wird euch künftig Verse singen?
Akrembi wartet vor den Dünen,
krault sein Kamel,
das aus Hanf die Fessel trägt
und ihm Schatten spendet.

Ich möchte zurück
zu den Meinen,
die bei den Felsen lagern
am Paß.
Wie Feuer brennt die Sehnsucht
in mir.
Mein Méhari, komm!
Du bist schnell wie der Wind.
Wenn du läufst,
erbeben deine Haare
am Bug.
Und deine Hufe hämmern
wie der Trommel Ton . . .

Nachdichtung von Gert Müller

Aus: „Wie Sand im Licht des Mondes. Dichtung der Tuareg"
Ein Originaltext kann nicht abgedruckt werden, da mündlich überliefert.

Storja Skura

Issa li s-sema ċċara nħares lura,
bil-mod il-mod il-ħalel qegħdin jorqdu,
mill-oċean ma tasal ebda ragħda.
Stennieni nħoll il-qlug ħu nsib l-imqadef
biex nidħol bħal halliel ferħan fil-qala.
Hawnhekk l-istess ċafċifa ddur mad-dgħajsa,
il-ħut iż-żgħir jittawwal bla ma jibza',
il-moll ħanin jistenna, jien nittama.
Minn kull nawfraġju toħroġ storja skura
li hawn fil-moll kulħadd irid jismagħha.

Eine düst're Geschichte

Nun, da der Himmel klar ist, blick' ich zurück,
langsam wiegen die Wellen sich in den Schlaf,
kein Donner bricht über den Ozean her.
Ich will die Segel setzen und die Riemen packen,
um vergnügt mich in die Bucht zu stehlen.
Hier plätschern die Wellen um das Boot,
die kleinen Fische spähen ohne Furcht,
Einladend wartet der Kai und ich kann wieder hoffen.
Aus jedem Schiffbruch steigt eine düst're Geschichte,
und hier am Kai wartet jeder darauf, sie zu hören.

Oliver Friggieri (* 1947)
Aus: „Poeżiji“
Aus dem Maltesischen ins Englische übertragen von Oliver Friggieri, aus dem Englischen ins Deutsche übertragen von Ellen Necker und Ursel Hosch.

ich quill ich quill ich quill

Aufheitern

Die weiche Luft voll Tränen,
Als regneten Fontänen
Mit lauem Morgentau.
Olivengärten dämmern,
Strömung von sanften Lämmern
Entblößt ein südlich Blau.

Ich hör die fernsten Meere
Im Wogengang der Schwere
Und hab ihr Salz im Haar.
Das Herz treibt in die Fluten
Des kühlen Ausgeruhten
Und löst sich wunderbar.

Albin Zollinger (1895–1941)
Aus: „Belege“

Das Beste

Wenn dirs in Kopf und Herzen schwirrt,
Was willst du Beßres haben!
Wer nicht mehr liebt und nicht mehr irrt,
Der lasse sich begraben.

Johann Wolfgang von Goethe (1749–1832)
Aus: „Gedichte in zeitlicher Folge“

die quelle

ich quill ich quill ich quill
ich quill immer es anders sagen
habe immer schon anders es sagen quollen
und quill es auch jetzt
und quill es auch künftig quollen

Ernst Jandl (* 1925)
Aus: „Poetische Werke“

Alfons aus der Wundertütenfabrik

Ja, sagt Alfons,
ich bin in der Wundertütenfabrik,
ich pack die Wunder in die Tüten,
wir arbeiten mit Musik,
chinesische Gongs,
sagt Alfons,
Flöten, Gebrüll
und lauter so Sachen,
das is vielleicht ein Job, Du,
ich muß die Indianerhauben klarmachen,
und mein Nachbar macht die Tüten zu.

Ralf Thenior (* 1945)
Aus: „Traurige Hurras“

Was ist die Welt?

Was ist die Welt? Ein ewiges Gedicht,
Daraus der Geist der Gottheit strahlt und glüht,
Daraus der Wein der Weisheit schäumt und sprüht,
Daraus der Laut der Liebe zu uns spricht

Und jedes Menschen wechselndes Gemüt,
Ein Strahl ists, der aus dieser Sonne bricht,
Ein Vers, der sich an tausend andre flicht,
Der unbemerkt verhallt, verlischt, verblüht.

Und doch auch eine Welt für sich allein,
Voll süß-geheimer, nievernommner Töne,
Begabt mit eigner, unentweihter Schöne,

Und keines Andern Nachhall, Widerschein.
Und wenn du gar zu lesen drin verstündest,
Ein Buch, das du im Leben nicht ergründest.

Hugo von Hofmannsthal (1874–1929)
Aus: „Gesammelte Werke“

Fortsetzung folgt

Spruch für eine Sonnenuhr

Auf dem Hochzeitsturm in Darmstadt

Der Tag geht über mein Gesicht.
Die Nacht sie tastet leis vorbei.
Und Tag und Nacht ein gleich Gewicht
und Nacht und Tag ein Einerlei.

Es schreibt die dunkle Schrift der Tag
und dunkler noch schreibt sie die Nacht.
Und keiner lebt der deuten mag
was beider Schatten ihm gebracht.

Und ewig kreist die Schattenschrift.
Leblang stehst du im dunklen Spiel.
Bis einmal dich die Deutung trifft:
Die Zeit ist um. Du bist am Ziel.

Rudolf Binding (1867–1938)
Aus: „Die Gedichte“

WORTE

Manche Worte gibts, die treffen wie Keulen. Doch manche
Schluckst du wie Angeln und schwimmst weiter
und weißt es noch nicht.

Hugo von Hofmannsthal (1874–1929)
Aus: „Gesammelte Werke“

Was ich noch sagen wollte

Ich habe
die Pflaumen gegessen
die im
Eisschrank waren

und die
du wahrscheinlich
zum Frühstück
aufheben wolltest

Verzeih mir
sie waren köstlich
so süß
und so kalt

W. C. Williams (1883–1963)
Aus: „Endlos und unzerstörbar“

Erinnerungen hinter der Erinnerung

Strahlt nicht auf mitunter, so zu Zeiten
Kunde her von unsern Ewigkeiten?

So urplötzlich und so blitzesschnelle
Wie die blanke Spieglung einer Welle?

Wie die ferne Spieglung eines bunten
Kleinen Scherbchens an dem Kehricht drunten?

Wie die rasche Spieglung einer blinden
Fensterscheibe am Gehöft dahinten?

Die metall'ne Spieglung einer blanken
Pflugschar drüben an der Wiese Schranken?

Augenblicks mit Licht dich übergießend,
Augenblicklich in ein Nichts zerfließend.

Christian Wagner (1835–1918)
Aus: „Blühender Kirschbaum“

Könnte in die Kniee sinken
vor so schöndesignten Klinken,
die mir schon von ferne winken,
wenn sie in der Sonne blinken.

Wenn du issest fetten Schinken
oder klebrige Merinken,
faß die Klinke mit der Linken,
denn ich hass' verdreckte Klinken,
die nach Schwarzwaldschinken stinken.

Nichts geht über Quietscheklinken,
klingt, als sängen kleine Finken.
Laß dich nicht von Freunden linken,
die mit Ölerfläschchen winken.
Nur zwei Tropfen – schon versinken
glatt im Nichts die süßen Finken …

Uta Kraus (* 1929)
Dieses unveröffentlichte Gedicht wurde ursprünglich als Anzeigenwerbetext konzipiert.

Autorenverzeichnis

Aichinger, Ilse (*1921) 46
Amenhotep, gen. Echnaton (1364–1347 v. Chr.) 146
Andrade, Eugénio de (*1923) 137
Artmann, Hans C. (*1921) 115
Astel, Arnfrid (*1933) 45, 104

Bachmann, Ingeborg (1926–1973) 124
Bartsch, Kurt (*1937) 28, 92
Benn, Gottfried (1886–1956) 23, 124, 129
Bense, Max (1910–1990) 94
Bernstein, F. W. (*1938) 133
Biermann, Wolf (*1936) 121
Binding, Rudolf (1867–1938) 158
Brambach, Rainer (1917–1983) 35, 75
Brasch, Thomas (*1945) 100
Brecht, Bertolt (1898–1956) 114
Bulla, Hans Georg (*1949) 109, 117
Busch, Wilhelm (1832–1908) 49, 58, 73, 99

Cardarelli, Vincenzo (1887–1959) 89
Chiyo-ni (1701–1775) 12
Claudius, Matthias (1740–1815) 127

Dach, Simon (1605–1659) 68
Darwish, Mahmud (*1942) 145
Dehmel, Richard (1863–1920) 84
Dürrson, Werner (*1932) 111

Eberle, Josef (1901–1986) 10
Eichendorff, Josef von (1788–1857) 48
Ende, Michael (1929–1995) 58
Exner, Richard (*1929) 131

Fontaine, Jean de la (1621–1695) 128
Fried, Erich (1921–1988) 20, 41, 66, 69
Friggieri, Oliver (*1947) 151
Fringeli, Dieter (*1942) 28, 33
Fritz, Walter Helmut (*1929) 33, 51
Fulda, Ludwig (1862–1939) 85

Geibel, Emanuel (1814–1884) 110
Geilinger, Max (1884–1948) 91
George, Stefan (1868–1933) 25
Gernhardt, Robert (*1937) 63, 67, 128, 130, 134
Gide, André (1869–1951) 139
Goes, Albrecht (*1908) 113
Goethe, Johann Wolfgang von (1749–1832) 9, 14, 18, 22, 44, 76, 77, 83, 101, 123, 127, 136, 154
Goll, Claire (1890–1977) 38
Goll, Yvan (1891–1950) 38, 62, 120
Gomringer, Eugen (*1925) 94
Grillparzer, Franz (1791–1872) 103, 108
Gryphius, Andreas (1616–1664) 31
Guggenmos, Josef (*1922) 121

Haag, Gottlob (*1926) 42
Hagelstange, Rudolf (1912–1984) 81
Härtling, Peter (*1933) 60
Hausmann, Manfred (1898–1986) 91
Hebbel, Friedrich (1813–1863) 44, 52
Heine, Heinrich (1797–1856) 18, 26, 37, 79, 87
Hesse, Hermann (1877–1962) 125

Hoffmann von Fallersleben, Heinrich (1798–1874) 88
Hofmannsthal, Hugo von (1874–1929) 122, 156, 158
Hölderlin, Friedrich (1770–1843) 14, 46, 87

Ibn 'Arabi (1165–1240) 148

Jandl, Ernst (*1925) 36, 71, 92, 95, 154

Kanık, Orhan Veli (1914–1950) 142
Keller, Gottfried (1819–1890) 86
Khajjam, Omar (1048–1131) 52
Komenda-Soentgerath, Olly (*1923) 53
Kopisch, August (1799–1853) 102
Krylow, Iwan A. (1768–1844) 64
Kubelka, Margarete (*1923) 70
Kunert, Günter (*1929) 34, 88, 93, 103
Kunze, Reiner (*1933) 21, 61, 81

Lebert-Hinze, Vera (*1930) 98
Lenz, Hermann (*1913) 95
Logau, Friedrich von (1604–1655) 24, 35
Ludwig, Paula (1900–1974) 11, 98

Machado, Antonio (1875–1939) 138
Maiwald, Peter (*1946) 38
Malkowski, Rainer (*1939) 107, 112
Marx, Leopold (1889–1983) 27
Meyer, Conrad Ferdinand (1825–1898) 105
Mon, Franz (*1926) 96
Morgenstern, Christian (1871–1914) 11, 13, 17, 73, 80
Müller, Wilhelm (1794–1827) 15

Neumann, Peter Horst (*1936) 117

Oliver, José F.A. (*1961) 65

Platen, August von (1796–1835) 67

Reinig, Christa (*1926) 47, 55, 59
Rifka, Fuad (*1930) 143
Rilke, Rainer Maria (1875–1926) 120
Ringelnatz, Joachim (1883–1934) 80
Ritsos, Jannis (1909–1990) 141
Rokeah, David (1916–1985) 144
Roth, Eugen (1895–1976) 10, 22, 56, 123, 128
Rückert, Friedrich (1788–1866) 39

Schiller, Friedrich (1759–1805) 32, 37, 118
Schlack, Peter (*1943) 24
Schlegel, August Wilhelm (1767–1845) 118
Seidel, Ina (1885–1974) 19
Silesius, Angelus (1624–1677) 12, 31
Skandrani, Monira (*1955) 147
Sodô (1641–1716) 10
Storm, Theodor (1817–1888) 48

Thenior, Ralf (*1945) 155

Uhland, Ludwig (1787–1862) 26
Ungaretti, Giuseppe (1888–1970) 140

Wagner, Christian (1835–1918) 50, 160

Walser, Robert (1878–1956) 132
Wang-We (701–761) 65
Werfel, Franz (1890–1945) 40
Wiemer, Rudolf Otto (*1905) 36, 85
Williams, W. C. (1883–1963) 159
Wittkamp, Frantz (*1943) 110, 111
Zeller, Eva (*1923) 54
Zincgref, Julius Wilhelm (1591–1635) 29
Zollinger, Albin (1895–1941) 153

Gedichtüberschriften und Gedichtanfänge

* Gedichtüberschriften sind *kursiv* gesetzt

Aber erst jetzt (Als wir vorbeikamen . . .) (W. H. Fritz) 33
Ade zur guten Nacht (Anonym) 78
Alfons aus der Wundertütenfabrik (Ja, sagt Alfons, . . .) (R. Thenior) 155
Als (Als die Filme noch rissen . . .) (E. Zeller) 54
Am Abend fing die rosa Hyazinthe . . . (P. Ludwig) 11
An meinen Freund den Schnee (Wie weiß du bist . . .) (M. Kubelka) 70
An die Sonne (Schöner als der beachtliche Mond . . .) (I. Bachmann) 124
„Anakreon“, so sprechen . . . (Anonym) 63
Aquarell (Bewegliche Farben . . .) (H. G. Bulla) 109
Astern (Astern – schwälende Tage . . .) (G. Benn) 129
Auf ein Aprikosenblatt . . . (M. Hausmann) 91
Aufheitern (Die weiche Luft voll Tränen . . .) (A. Zollinger) 153
Aufstieg (Das ist eine feine Sache . . .) (K. Bartsch) 92
Aus stillen Fenstern (Wie oft wirst du gesehn . . .) (Chr. Morgenstern) 11
Bekenntnis (Mein Herz ward fähig . . .) (Ibn 'Arabi) 148
Beschreibung (Wenn du die Wohnungstür . . .) (R. Malkowski) 107
Betrachtung der Zeit (Mein sind die Jahre nicht . . .) (A. Gryphius) 31
Bir İş Var (Her gün bu kadar . . .) (O. V. Kanık) 142
Blühendes Mandelbäumchen . . . (P. Ludwig) 98
Briader ond Schweschtra (Ja freile sen mir älle . . .) (P. Schlack) 24
Certes, délicieuse est la brume . . . (A. Gide) 139
Dämmrung senkte sich von oben (J. W. v. Goethe) 76
Das Meer brodelt und singt . . . (A. Machado) 138
Das Elektrizitätswerk . . . (R. Gernhardt) 130
Das Beste (Wenn dirs in Kopf und Herzen schwirrt . . .) (J. W. v. Goethe) 154
Das Lied von der Moldau (Am Grunde der Moldau wandern . . .) (B. Brecht) 114
Das Schnitzel (Ein Mensch, der sich ein Schnitzel . . .) (E. Roth) 56
Daß alle andern anders sind, . . . (F. Wittkamp) 111
Dein Zauber (Wenn ich mit dir vorübergeh . . .) (C. u. Y. Goll) 38
Denn wir können die Kinder . . . (J. W. v. Goethe) 44
Der Dichter macht mir ein Gedicht . . . (F. Wittkamp) 110
Der Eisbär (Der Eisbär prustet und erklimmt . . .) (J. Guggenmos) 121
Der Fischer (Hier sitz ich . . .) (F. Grillparzer) 108
der gabentisch (ich stehe stumm . . .) (E. Jandl) 71
Der Kreisel (Ein Mensch hat einen Kreisel . . .) (E. Roth) 10
der linie folgen . . . (E. Gomringer) 94
Der Maulwurf hört in seinem Loch . . . (E. Geibel) 110
Der römische Brunnen (Aufsteigt der Strahl . . .) (C. F. Meyer) 105

Der Schnee (Der Schnee fällt nicht hinauf . . .) (R. Walser) 132
Der Schwan, der Hecht und der Krebs (Wenn zur Genossenschaft . . .) (I. A. Krylow) 64
Der Sonnengesang Echnatons (Schön erscheinst du . . .) (Amenhotep) 146
Der Strauch, der keinen Namen hat (Der Strauch, den ich . . .) (P. Härtling) 60
Der Wolf und der Storch (Stets frißt der Wolf . . .) (J. de la Fontaine) 128
Des Lebens Karawane zieht mit Macht . . . (O. Khajjam) 52
Des Wortes Gewalt (Im Wort ruht Gewalt . . .) (I. Seidel) 19
Die Brille (Korf liest gerne . . .) (Chr. Morgenstern) 17
Die erste alte Tante sprach . . . (W. Busch) 99
Die guten Taten . . . (Dichtung der Tuareg) 149
Die Heinzelmännchen (Wie war zu Köln . . .) (A. Kopisch) 102
Die Liebenden (Trennen wollten wir uns . . .) (F. Hölderlin) 87
die quelle (ich quill ich quill ich quill . . .) (E. Jandl) 154
Die Ros' ist ohn' warum . . . (A. Silesius) 31
Die Schaukel (Auf meiner Schaukel . . .) (R. Dehmel) 84
Die vielen Dinge, die du tief versiegelt . . . (G. Benn) 124
Die virtuelle Verrückung (Nicht das Dasein . . .) (M. Bense) 94
Die Windenblüte (Um ein Brunnenseil . . .) (Chiyo-ni) 12
Die Zimmer meines Lebens (Jedesmal, wenn ich . . .) (F. Werfel) 40
Dorlamm meint (Dichter Dorlamm läßt . . .) (R. Gernhardt) 67
30. August 1985 (An der Quelle . . .) (F. Rifka) 143
Du harter november . . . (H. C. Artmann) 115
Du selber machst die Zeit, . . . (A. Silesius) 12
Dunkel war's, der Mond schien helle (Anonym) 74
Ehmals und jetzt (In jüngern Tagen . . .) (F. Hölderlin) 14
Eigentum (Ich weiß, daß mir nichts angehört . . .) (J. W. v. Goethe) 14
Ein Fichtenbaum steht einsam . . . (H. Heine) 18
Ein großer Teich war zugefroren . . . (J. W. v. Goethe) 127
Ein grünes Blatt (Ein Blatt aus sommerlichen Tagen, . . .) (Th. Storm) 48
Ein neues Lied, ein besseres Lied, . . . (H. Heine) 37
Ein Ochs ging auf die Wiese, . . . (F. Grillparzer) 103
Eine düst're Geschichte (Nun da der Himmel . . .) (O. Friggieri) 151
Einer der zurückkehrt (Einer der zurückkehrt . . .) (D. Rokeah) 144
Einst und jetzt (Bleich steht das Feld . . .) (Chr. Wagner) 50
El mar hierve y canta . . . (A. Machado) 138
Endlich (endlich entschloß sich niemand . . .) (Chr. Reinig) 55
Entschluß (Auf bessre Tage . . .) (M. Geilinger) 91
Erinnerung an Stuttgart (Dort hat es mir gefallen . . .) (H. Lenz) 95
Erinnerungen hinter der Erinnerung (Strahlt nicht auf mitunter . . .) (C. Wagner) 160

Es gibt Säulen aus Stein . . . (J. Ritsos) 141
Es gibt da irgend etwas (Ist dieses Meer . . .) (O. V. Kanık) 142
Es ist kein Ding . . . (L. Marx) 27
Es wandert eine schöne Sage . . . (G. Keller) 86
Fallen (schau dem regen . . .) (G. Haag) 42
fallen, viele fallen . . . (F. Mon) 96
Frage (Aus meinem Heimatdorf . . .) (Wang-we) 65
Freiheit und Knechtschaft (Freiheit hat oft . . .) (A. v. Platen) 67
Freudvoll und leidvoll . . . (J. W. v. Goethe) 83
Früh, wenn Tal, Gebirg und Garten . . . (J. W. v. Goethe) 101
Früher, da ich unerfahren . . . (W. Busch) 49
Υπάρχουν κολώνες από πέτρα . . . (J. Ritsos) 141
Gebirgsrand (Denn was täte ich, . . .) (I. Aichinger) 46
Gefühl kann ganz verschieden sitzen . . . (E. Roth) 128
Gewiß, köstlich ist der Nebel . . . (A. Gide) 139
Glück (Scheues Tier . . .) (V. Lebert-Hinze) 98
glückwunsch (wir alle wünschen . . .) (E. Jandl) 92
Gott schuf die Sonne (ich rufe den wind . . .) (Chr. Reinig) 59
Gottes Rätsel (Kinder sind Rätsel . . .) (F. Hebbel) 52
Halte das Glück (Halte das Glück, wie den Vogel . . .) (F. Hebbel) 44
Heimkehr (O brich nicht Steg . . .) (L. Uhland) 26
Heiter (Nach soviel Nebel . . .) (G. Ungaretti) 140
Herbstmorgen in Holland (Die Nebelkuh . . .) (E. Fried) 69
Herrschaftsfreiheit (Zu sagen „Hier herrscht . . .") (E. Fried) 41
Heute abend (In dieser Straße . . .) (W. H. Fritz) 51
Humorlos (Die Jungen werfen . . .) (E. Fried) 20
Ich bin eine Nadel im Kissen, . . . (J. Eberle) 10
Ich mit meiner Prosa, . . . (R. Brambach) 35
Ihr Frauen von Uhat und Ta'urirt . . . (Dichtung der Tuareg) 150
Im Bahnhofsrestaurant (Der Maler Beckmann . . .) (R. Malkowski) 112
Im Norden (Dir bleiben ja die großen . . .) (G. Kunert) 103
Jüngling und Mann (Der Jüngling schwört es . . .) (Chr. Morgenstern) 80
Lascaux (Hier waren wir . . .) (G. Kunert) 34
Leute, die am höchsten stehn, . . . (L. Fulda) 85
lichtung (manche meinen lechts und rinks . . .) (E. Jandl) 36
Liebesgedicht (Kröten sitzen gern . . .) (R. Gernhardt) 63
Lied (Was ich habe . . .) (Th. Brasch) 100
Lied der Freundschaft (Der Mensch hat nichts . . .) (S. Dach) 68
Lisboa (Esta névoa sobre a cidade . . .) (E. de Andrade) 137
Lissabon (Dieser Nebel über der Stadt, . . .) (E. de Andrade) 137
Meer (Wenn man ans Meer kommt ..) (E. Fried) 66
Mein Vater (Mein Vater wandte den Blick . . .) (M. Darwish) 145

Memo (An die Weggejagten ...) (G. Kunert) 88
Mit Gewalt ist nichts zu machen ... (J. W. Zincgref) 29
Möwen (Ich weiß nicht, wo die Möwen ...) (V. Cardarelli) 89
Müdigkeit (Lang schon such ich ...) (R. Brambach) 75
Nachlaß (Ich, des Hierseins überdrüssig ...) (R. O. Wiemer) 36
Nachtigall in Hannover (Ich kam vom Konzert für die Grünen ...) (W. Biermann) 121
Null-Diät (Ich habe mir die Null-Diät verordnet ...) (O. Komenda-Soentgerath) 53
Orpheus (Ich steig in jeden Vorortzug ...) (Y. Goll) 120
Ostkontakte (Als mein Freund ...) (A. Astel) 45
Palmström (Palmström steht an einem Teiche ...) (Chr. Morgenstern) 13
Pfeifen (Klavier und Geige, ...) (H. Hesse) 125
Platzanweiser (Aufrücken bitte ...) (W. Dürrson) 111
Poesie (Die männer im elektrizitätswerk ...) (K. Bartsch) 28
Pompeji: Garten des Fauns (Ein Bronzebildnis ...) (G. Kunert) 93
Porträt eines Kindes (Wie viel durch diese sehr offenen Augen ...) (R. Exner) 131
Quand le serpent se sent mal ... (M. Skandrani) 147
Rätsel (Zwei Eimer sieht man ...) (F. Schiller) 32
Raumfahrer (Im Weltraum schwebt ...) (R. Kunze) 81
Reisen (Meinen sie Zürich ...) (G. Benn) 23
Robinson (Manchmal weint er ...) (Ch. Reinig) 47
Sag mir, wer einst die Uhren erfund, ... (H. Heine) 87
Schein und Sein (Mein Kind, es sind allhier ...) (W. Busch) 73
Schillers Lob der Frauen (Ehret die Frauen ...) (A. W. Schlegel) 118
Schütteln (Auf Flaschen steht ...) (E. Roth) 123
Schweigende Fahrgäste (Die Fremden, mit denen ich fahre ...) (J. Ringelnatz) 80
Seht ihr den Mond dort stehen? ... (M. Claudius) 127
Sensible wege (Sensibel ist die erde ...) (R. Kunze) 21
Sereno (Dopo tanta nebbia...) (G. Ungaretti) 140
Sinkende Sonne (Ist nur Schein vom Scheine ...) (R. Hagelstange) 81
Sommertage (Unter Bäumen grün, ...) (H. G. Bulla) 117
Spötter (Wer andrer Leute ...) (F. v. Logau) 24
Spruch für eine Sonnenuhr (Auf dem Hochzeitsturm in Darmstadt) (R. Binding) 158
Storja Skura (Ìssla li s-sema ...) (O. Friggieri) 151
Strebt ihr Bürger zu sein, ... (H. Hoffmann von Fallersleben) 88
Stühle (Stühle bauen ...) (J. A. Oliver) 65
Stuttgart (Herrlich steht sie ...) (F. Hölderlin) 46
Television (Abends vor dem Bildschirm ...) (A. Astel) 104

Terzinen über Vergänglichkeit (Noch spür ich ihren Atem . . .) (H. v. Hofmannsthal) 122
Triolett (Einen Kreuzer gäb' . . .) (F. Rückert) 39
unbestimmte zahlwörter (alle haben gewußt . . .) (R. O. Wiemer) 85
Unendlichkeit (Wer weiß der Vögel Flug . . .) (A. Goes) 113
Ungeduld (Ich schnitt es gern . . .) (W. Müller) 15
(*unserer briefträgerin der vielgeschmähten:* IST DAS ALLES?!) (Einmal, nach einem sehr schönen Brief . . .) (R. Kunze) 61
Verdrossnen Sinn im kalten Herzen hegend, . . . (H. Heine) 26
Verschneiter Weg (Es ist ein Schnee gefallen . . .) (Anonym) 116
Verwunderungen (Wir alle sind die Erben . . .) (Chr. Morgenstern) 73
Vogelschau (Weisse Schwalben sah . . .) (S. George) 25
Wandere! (Wenn dich ein Weib . . .) (H. Heine) 79
wanderung (vom vom zum zum . . .) (E. Jandl) 95
Wandlung (Ein Mensch führt, jung . . .) (E. Roth) 22
Warum treibt sich das Volk so, und schreit? . . . (J. W. v. Goethe) 18
Was ich noch sagen wollte (Ich habe die Pflaumen gegessen . . .) (W. C. Williams) 159
Was ist das Schwerste von allem? . . . (J. W. v. Goethe) 22
Was du nicht kennst, das, meinst du, . . . (M. Ende) 58
Was es alles gibt (Da gibt es die, die schlagen . . .) (R. Gernhardt) 134
Was ist die Welt? (Was ist die Welt? . . .) (H. v. Hofmansthal) 156
Wechselspiel (Früher spielte ich . . .) (D. Fringeli) 33
Weihnachten in der Schule (Hört mal zu! . . .) F. W. Bernstein 133
Weiß der Vogel, wie frei ein Vogel ist? . . . (D. Fringeli) 28
Wenn alles sitzen bliebe , . . . (W. Busch) 58
Wenn die Schlange sich nicht wohlfühlt . . . (M. Skandrani) 147
Wenn du dich näherst . . . (Y. Goll) 62
Wenn man der Jugend reine Wahrheit sagt, . . . (J. W. v. Goethe) 123
Wenn wir in Drachenblut baden. . . (P. H. Neumann) 117
Wer sich selbst und andre kennt, . . . (J. W. v. Goethe) 136
Wer aber recht bequem ist und faul, . . . (J. W. v. Goethe) 77
Wer wird heute wohl, . . . (Sodô) 10
Wie die Vögel, . . . (R. M. Rilke) 120
Woher sind wir geboren . . . (J. W. v. Goethe) 9
WORTE (Manche Worte gibts . . .) (H. v. Hofmannsthal) 158
Wünschelrute (Schläft ein Lied . . .) (J. v. Eichendorff) 48
Würde des Menschen (Nichts mehr davon . . .) (F. Schiller) 37
Zeitlos (Die Liebe heißt es dauert . . .) (P. Maiwald) 38
Zungendrescher (Kein grösser Unrecht . . .) (F. v. Logau) 35
Zwei Knaben gingen durch die Nacht, . . . (Anonym) 49

Quellenverzeichnis

Aichinger, Ilse, *Verschenkter Rat.* Gedichte, Frankfurt a. M.: Fischer Taschenbuch Verlag 1978.

Amenhotep/Echnaton, aus: *Altägyptische Dichtung*, ausgewählt u. übersetzt v. E. Hornung, Stuttgart: Reclam 1996. Für die Transkription danken wir Herrn Dr. Farouk Gomoa vom ägyptolog. Institut der Universität Tübingen.

Andrade, Eugénio de, *Stilleben mit Früchten.* Ausgewählte Gedichte, aus dem Portugiesischen übertragen v. C. Meyer-Clason, München/Wien: Carl Hanser 1997. © Fundaçao Eugénio de Andrade

Artmann, H. C., *Aus meiner Botanisiertrommel.* Balladen und Naturgedichte, Salzburg/Wien: Residenz Verlag 1975.

Astel, Arnfrid, *Kläranlage*, München/Wien: Carl Hanser 1970.

Astel, Arnfrid, *Wohin der Hase läuft*, Leipzig: Forum-Verlag 1992.

Bachmann, Ingeborg, *Werke*, Bd. 1, München: Piper Verlag GmbH 1978.

Bartsch, Kurt, *Weihnacht ist und Wotan reitet*, Berlin: Rotbuch 1985.

Bartsch, Kurt, *Zugluft*, Berlin/Weimar: Aufbau-Verlag 1968.

Benn, Gottfried, *Sämtliche Gedichte*, Stuttgart: Klett-Cotta 1998.

Benn, Gottfried, *Sämtliche Werke.* Stuttgarter Ausgabe, in Verbindung mit I. Benn hg. v. G. Schuster, Band 1: Gedichte, Stuttgart: Klett-Cotta 1986.

Benn, Gottfried, *Statische Gedichte*, Zürich: Arche Verlag AG, Raabe + Vitali 1948/1983.

Bense, Max, *nur glas ist wie glas.* werbetexte, Berlin: Wolfgang Fietkau 1970.

Bernstein, F. W., *Reimwärts*, Gießen: Anabas-Verlag 1981.

Biermann, Wolf, *Alle Gedichte*, Köln: Kiepenheuer & Witsch 1995.

Binding, Rudolf, *Die Gedichte.* Gesamtausgabe. © C. Bertelsmann Verlag, München, in der Verlagsgruppe Bertelsmann GmbH

Brambach, Rainer, *Heiterkeit im Garten*, Zürich: Diogenes 1989.

Brasch, Thomas, *KARGO*, Frankfurt a. M.: Suhrkamp 1977.

Brecht, Bertolt, *Die Gedichte*, Frankfurt a. M.: Suhrkamp 1967.

Bulla, Hans Georg, *Der Schwimmer*, Frankfurt a. M.: Suhrkamp 1982.

Bulla, Hans Georg, *Kindheit und Kreide.* Gedichte, Frankfurt a. M.: Suhrkamp 1986.

Busch, Wilhelm, *Gesammelte Gedichte,* in: ders., Gedichte, hg. v. F. Bohne, Zürich: Diogenes 1974.

Busch, Wilhelm, *Kritik des Herzens,* in: ders., Gedichte, hg. v. F. Bohne, Zürich: Diogenes 1974.

Cardarelli, Vincenzo, *Gedichte*, aus dem Ital. übersetzt und hg. v. N. C. Kaser, Innsbruck: Haymon 1988.

Chiyo-ni, [in:] *Japanische Jahreszeiten*. Tanka und Haiku aus dreizehn Jahrhunderten, Zürich: Manesse 1963.
Claudius, Matthias, *Der Wandsbecker Bote*, Frankfurt a. M.: Insel 1990.
Dach, Simon, [in:] *Lyrikbuch*, hg. v. F. Pratz, Frankfurt a. M.: Diesterweg 1983.
Darwish, Mahmud, *Diwan Mahmud Darwish*, Beirut: Dar al-Awda 1984. Dt. v. A. Schimmel, aus: Zeitgenössische arabische Lyrik, hg. v. A. Schimmel, Tübingen/Basel: Horst Erdmann Verlag 1975.
Das große Liederbuch, hg. v. A. Diekmann und W. Gohl, Zürich: Diogenes 1975. („Ade zur guten Nacht")
Dehmel, Richard, [in:] *Die Kinder dieser Welt*. Gedichte aus zwei Jahrhunderten. Hg. Jana Halami ková, Frankfurt a. M.: Fischer Taschenbuch Verlag 1990.
Dunkel war's, der Mond schien helle, hg. v. H. Kunze, Zürich: pendo 1983. („Dunkel war's . . ." und „Zwei Knaben gingen . . .")
Dürrson, Werner, *Werke, Band 2*: Beschattung. Gedichte, Zürich: Elster 1992.
Eberle, Josef, *Mandarinentänze. Chinoiserien*, Stuttgart: DVA 1979.
Eichendorff, Josef Freiherr von, *Werke*, hg. v. W. Rasch, München/Wien: Carl Hanser 1977.
Ende, Michael, *Das Gauklermärchen*, Stuttgart/Wien/Bern: Weitbrecht Verlag in K. Thienemanns Verlag 1982.
Exner, Richard, *Gedichte 1953–1991*, Stuttgart: Radius-Verlag 1994.
Fontaine, Jean de la, *Sämtliche Fabeln*, ins Dt. übertragen v. E. Dohm, München: Winkler 1978.
Fried, Erich, *Gesammelte Werke*, Berlin: Verlag Klaus Wagenbach 1993.
Friggieri, Oliver, *Poeżiji*, Malta: Mireva Publications 1998.
Fringeli, Dieter, *Ohnmachtwechsel*, Zürich: Die Arche 1981.
Fritz, Walter Helmut, *Gesammelte Gedichte*, 1979–1994, Hamburg: Hoffmann und Campe Verlag 1994.
Fritz, Walter Helmut, *Werkzeuge der Freiheit*. Gedichte, Hamburg: Hoffmann und Campe Verlag 1983.
Fulda, Ludwig, [in:] *Leben ist immer – lebensgefährlich*, hg. v. Otto A. Böhmer, München: dtv 1990.
Geibel, Emanuel, [in:] *Leben ist immer – lebensgefährlich*, hg. v. Otto A. Böhmer, München dtv 1990.
Geilinger, Max, *Der vergessene Garten*, Bern: Francke 1943.
George, Stefan, *Sämtliche Werke in 18 Bänden*, hg. v. der Stefan George-Stiftung, Stuttgart. Band 2: *Hymnen, Pilgerfahrten, Algabal*. Bearb. v. U. Oelmann. Stuttgart: Klett-Cotta 1987.
Gernhardt, Robert, *Gedichte 1954–1997*, Zürich: Haffmans 1999.
Gernhardt, Robert, *Körper in Cafés*, Zürich: Haffmans 1987.

Gernhardt, Robert, *Wörtersee*, Frankfurt a. M.: Zweitausendeins 1981. © 1981 by Robert Gernhardt/www.Zweitausendeins.de
Gide, André, *Les Nourritures Terrestres*, in: Französische Dichtung 3: Von Baudelaire bis Valéry, hg. v. F. Kemp u. H. Siep, München: C. H. Beck 1990. © Editions Gallimard
Goes, Albrecht, *Lichtschatten du.* Gedichte aus fünfzig Jahren, Frankfurt a. M.: S. Fischer 1978.
Goethe, Johann Wolfgang von, *Egmont*, in: Über die Liebe, hg. v. M. Reich-Ranicki, Frankfurt a. M.: Insel 1985.
Goethe, Johann Wolfgang von, *Faust*. Der Tragödie Erster und Zweiter Teil, hg. u. mit einem Nachwort versehen v. J. Göres, Frankfurt a. M.: Insel 1998.
Goethe, Johann Wolfgang von, *Gedichte in zeitlicher Folge*. Sämtliche Gedichte in einem Band, hg. v. H. Nicolai, Frankfurt a. M.: Insel 1982.
Goethe, Johann Wolfgang von, *Hermann und Dorothea*, in: Goethes Poetische Werke und Schriften, Band 2, Stuttgart: Cotta o.J.
Goethe, Johann Wolfgang von, *Sämtliche Gedichte*. Vier Bände, hg. v. P. Boerner, Ad. Elschenbroich u. a., München: dtv 1961.
Goll, Yvan, *Die Lyrik in vier Bänden*, Band II. Liebesgedichte 1917–1959. Hg. und kommentiert v. B. Glauert-Hesse i. A. der Fondation Yvan et Claire Goll, Saint-Dié-des-Vosges. © 1996 Argon Verlag GmbH, Berlin. Alle Rechte bei und vorbehalten durch Wallstein Verlag Göttingen.
Die in dem Buch „Die Lyrik in vier Bänden" auf den Seiten 158 und 475 stehenden Gedichte weichen von den in den Fahrzeugen der SSB ausgehängten Versionen ab. Da in „Lyrik unterwegs" die plakatierten Gedichte zusammengefaßt werden, wurde für den Abdruck die von der SSB veröffentlichte Version gewählt.
Goll, Yvan und Claire, *Traumkraut. Die Antirose.* Gedichte, Frankfurt a. M.: Fischer Taschenbuch Verlag 1990. © München Limes Verlag 1968.
Gomringer, Eugen, *konstellationen ideogramme stundenbuch*, Stuttgart: Reclam 1983.
Griechische Lyrik, hg. v. W. Marg, Stuttgart: Reclam 1989. („Anakreon, so sprechen . . .")
Grillparzer, Franz, *Gesammelte Werke. Sprüche und Epigramme*, Band 2, hg. v. E. Rollett/A. Sauer, Wien: Anton Schroll & Co. o. J.
Grillparzer, Franz, *Werke, Band 1*: Gedichte, Berlin/Weimar: Aufbau-Verlag ^{3}1990.
Gryphius, Andreas, *Gedichte*, Stuttgart: Reclam 1968.
Guggenmos, Josef, *Die Stadt der Kinder*. Gedichte für Kinder, hg. v. H.-J. Gelberg, Recklinghausen: Georg Bitter Verlag 1969.

Haag, Gottlob, *Schonzeit für Windmühlen*. Gedichte, Nürnberg: Nürnberger Presse 1969.
Hagelstange, Rudolf, *Lied der Jahre*, München: Paul List Verlag 1961.
Härtling, Peter, *Die Gedichte* 1953-1987, Frankfurt a. M.: Luchterhand Literaturverlag 1989. © 1995 by Verlag Kiepenheuer & Witsch Köln
Hausmann, Manfred, *Nachtwache. Alte Musik. Füreinander.* Gedichte aus den Jahren 1922-1946, Frankfurt a. M.: S. Fischer 1983.
Hebbel, Friedrich, *Gesammelte Werke.* Gedichte, Gütersloh: Sigbert Mohn o.J.
Heine, Heinrich, *Buch der Lieder*, Stuttgart: Reclam 1990.
Heine, Heinrich, *Deutschland.* Ein Wintermärchen, Stuttgart: Reclam 1979.
Heine, Heinrich, *Neue Gedichte. Neuer Frühling*, Stuttgart: Reclam 1996.
Hesse, Hermann, *Gesammelte Werke*, Band 1: Gedichte, Frankfurt a.M.: Suhrkamp 1987.
Hoffmann von Fallersleben, Heinrich, [in:] *Leben ist immer – lebensgefährlich*, hg. v. Otto A. Böhmer, München: dtv 1990.
Hofmannsthal, Hugo von, *Gedichte*, Frankfurt a. M.: Insel 1994.
Hofmannsthal, Hugo von, *Gesammelte Werke*, Band 1: Gedichte, Dramen I, Frankfurt a. M.: Fischer Taschenbuch Verlag 1979.
Hölderlin, Friedrich, *Sämtliche Gedichte*, hg. v. D. Lüders, Wiesbaden: Aula 1989.
Ibn 'Arabi, *Tarjumān al-ashwāq*, Beirut: Dar Sader 1966. Dt. v. A. Schimmel, aus: A. Schimmel, Mystische Dimensionen des Islam, München: Eugen Diederichs Verlag 1985.
Jandl, Ernst, *Gesammelte Werke*, hg. v. K. Siblewski, Darmstadt/Neuwied: Luchterhand Literaturverlag 1985.
Jandl, Ernst, *Poetische Werke in 10 Bänden*, hg. v. K. Siblewski, Band 9: Idyllen. Stanzen, München: Luchterhand Literaturverlag 1997.
Kanık, Orhan Veli, *Fremdartig/Garip*, Frankfurt a. M.: Dağyeli Verlag 1985.
Keller, Gottfried, *Sämtliche Werke in zwei Bänden*, Band 2, München: Droemersche Verlagsanstalt 1954.
Khajjam, Omar, *Die Sinnsprüche Omars des Zeltmachers*, Frankfurt a.M.: Insel 1955.
Komenda-Soentgerath, Olly, *Unerreichbar nahe*, Eisingen: Heiderhoff 1986.
Kopisch, August, [in:] *Lyrikbuch*, hg. v. F. Pratz, Frankfurt a. M.: Diesterweg 1983.
Krylow, Iwan A., [in:] *Das Hausbuch der fabelhaften Fabeln*, Zürich: Haffmans 1989.

Kubelka, Margarete, [in:] *Ein wenig von Verschwörung*. Gedichte, hg. v. M. Sorg, Sigmaringen: Thorbecke 1990.
Kunert, Günter, *Berlin beizeiten*, München/Wien: Carl Hanser 1987.
Kunert, Günter, *Stilleben*, München/Wien: Carl Hanser 1984.
Kunze, Reiner, *einundzwanzig variationen über das thema „die post“*, in: ders.: Gespräch mit der Amsel, Frankfurt a. M.: S. Fischer 1984.
Kunze, Reiner, *Sensible Wege*, in: ders., Gespräch mit der Amsel, Frankfurt a. M.: S. Fischer 1984.
Kunze, Reiner, *Wohin der Schlaf sich schlafen legt*, Frankfurt a. M.: S. Fischer 1991.
Lebert-Hinze, Vera, [in:] *Ein wenig von Verschwörung*. Gedichte, hg. v. M. Sorg, Sigmaringen: Thorbecke 1990.
Lenz, Hermann, *Zeitlebens*. Gedichte. 1934-1980, hg. v. H. Piontek, München: Schneekluth 1981.
Logau, Friedrich von, *Sinngedichte*, Stuttgart: Reclam 1984.
Ludwig, Paula, *Dem dunklen Gott*. Ein Jahresgedicht der Liebe, Ebenhausen: Langewiesche-Brandt 1981.
Machado, Antonio, *Soledades. Einsamkeiten.* Gedichte 1899–1907, Spanisch-Deutsch, hg. u. übertragen v. F. Vogelgsang, Zürich: Ammann Verlag 1996.
Maiwald, Peter, *Guter Dinge*, Stuttgart: DVA 1987.
Malkowski, Rainer, *Was auch immer geschieht*, Frankfurt a. M.: Suhrkamp 1986.
Malkowski, Rainer, *Zu Gast*, Frankfurt a. M.: Suhrkamp 1983.
Marx, Leopold, *Gedichte*, Gerlingen: Bleicher 1985.
Meyer, Conrad Ferdinand, *Gedichte*, Stuttgart: Reclam 1963.
Mon, Franz, *fallen stellen*. texte aus mehr als elf jahren, Spenge: Klaus Ramm 1981.
Morgenstern, Christian, *Gesammelte Werke*. In einem Band, hg. v. M. Morgenstern, München: Piper Verlag GmbH 1965.
Morgenstern, Christian, *Werke und Briefe*, Stuttgarter Ausgabe, Band 2: Lyrik 1906-1914, hg. v. M. Kießig, Stuttgart: Urachhaus 1992.
Müller, Gert, *Wie Sand im Licht des Mondes. Dichtung der Tuareg*, Innsbruck: Haymon 1997.
Müller, Wilhelm, *Die Winterreise und Die schöne Müllerin*, Zürich: Diogenes 1984.
Neumann, Peter Horst, *Pfingsten in Babylon*. Gedichte, Salzburg/Wien: Residenz Verlag 1996.
Oliver, José F. A., *Auf-Bruch*, Berlin: Das Arabische Buch 1987.
Platen, August von, *Gedichte*, Stuttgart: Reclam 1986.
Reinig, Christa, *Sämtliche Gedichte*, Düsseldorf: Eremiten-Presse 1974.

Rifka, Fuad, *Tagebuch eines Holzsammlers*, Dt. v. U. u. S. Y. Assaf, Eisingen: Heiderhoff Verlag 1990. © Dar Sader, Beirut/Libanon
Rilke, Rainer Maria, *Die Gedichte*, Frankfurt a. M.: Insel 1986.
Ringelnatz, Joachim, *Das Gesamtwerk in sieben Bänden*, Zürich: Diogenes 1994.
Ritsos, Jannis, *Gedichte*, aus dem Griech. v. K.-P. Wedekind, Frankfurt a. M.: Suhrkamp 1991.
Rokeah, David, *Wo Stachelrosen wachsen*. Gedichte, Frankfurt a. M.: S. Fischer 1976. © Daga Ltd. Tel Aviv 1967. Dt. Ausgabe: © S. Fischer Verlag GmbH, Frankfurt a. M. 1976.
Roth, Eugen, *Der letzte Mensch*. Heitere Verse, in: ders.: *Sämtliche Werke, Band 1*, München/Wien: Carl Hanser 1977.
Roth, Eugen, *Der Wunderdoktor*, Heitere Verse, München: Carl Hanser 1950.
Roth, Eugen, *Ein Mensch*. Heitere Verse, in: ders.: *Sämtliche Werke, Band 1*, München/Wien: Carl Hanser 1977.
Roth, Eugen, *Mensch und Unmensch*. Heitere Verse, in: ders.: *Sämtliche Werke, Band 1*, München/Wien: Carl Hanser 1977.
Rückert, Friedrich: *Gedichte*. Ausgewählt und eingeleitet v. H. Henel, Frankfurt a. M.: Athenäum 1983.
Schiller, Friedrich, *Werke*, Band 2, München/Wien: Carl Hanser 1966.
Schlack, Peter, *Ond woda nòhgucksch Leit*, Stuttgart: Peter Schlack 1987.
Schlegel, August Wilhelm, [in:] *Gedichte der deutschen Romantik*, hg. v. K.O. Conrady, München: Artemis & Winkler 1994.
Seidel, Ina, *Gedichte*; Stuttgart: DVA 1955.
Silesius, Angelus, [in:] Angelus Silesius - *Der Cherubinische Wandersmann*, hg. v. G. Wehr, Schaffhausen: Novalis 1977.
Skandrani, Monira, *Anthologie de la Poésie Tunisienne de Langue Française*, Paris: Editions L'Harmattan 1984.
Sodô, [in:] *Japanische Jahreszeiten*, Tanka und Haiku aus dreizehn Jahrhunderten, Zürich: Manesse 1963.
Storm, Theodor, *Werke*, München Wien: Carl Hanser 1988.
Thenior, Ralf, *Traurige Hurras*. Gedichte und Kurzprosa, München: Bertelsmann Verlag 1977.
Über die Liebe, hg. v. M. Reich-Ranicki, Frankfurt a. M.: Insel 1985. („Verschneiter Weg")
Uhland, Ludwig, *Ausgewählte Werke*, hg. v. H. Bausinger, München: Winkler 1987.
Ungaretti, Giuseppe, *Gedichte italienisch und deutsch*, Frankfurt a. M.: Suhrkamp 1961.

Wagner, Christian, *Blühender Kirschbaum*. Gedichte, Kirchheim/Teck: Jürgen Schweier Verlag 1999.
Wagner, Christian, *Gedichte*, Leonberg: Verlag Ulrich Keicher 1981.
Walser, Robert, *Die Gedichte*, Frankfurt a. M.: Suhrkamp 1986.
Wang-We, [in:] *Herbstlich helles Leuchten überm See*. Chinesische Gedichte aus der Tang Zeit. Ausgewählt, übertragen und mit einem Vorwort versehen v. G. Debon, München: Piper Verlag GmbH 1989.
Werfel, Franz, *Gesammelte Werke*. Das Lyrische Werk, hg. v. A. D. Klarmann. Frankfurt a. M.: S. Fischer 1967.
Wiemer, Rudolf Otto, *beispiele zur deutschen grammatik*, Berlin: Wolfgang Fietkau 1978.
Wiemer, Rudolf Otto, *Ernstfall*, Stuttgart: J. F. Steinkopf 1989.
Williams, W. C., *Endlos und unzerstörbar*, aus dem Englischen übertragen v. C. Koller, Eisingen: Heiderhoff Verlag 1983.
Wittkamp, Frantz, [in:] *Alle Tage, immer wieder*. Kalendermerkbuch mit Tagesversen, Weinheim: Beltz und Gelberg 1990.
Zeller, Eva, *Stellprobe*, Stuttgart: DVA 1989.
Zincgref, Julius Wilhelm, [in:] *Spruchwörterbuch*, hg. v. F. von Lipperheide, München: Bruckmann 1909.
Zollinger, Albin, *Belege*. Gedichte aus der deutschsprachigen Schweiz seit 1900, hg. v. W. Weber, Zürich/München: Artemis 1978.

DRW-Bücher – Eine Auswahl

Uhland von A bis Z. Von Karin de la Roi-Frey. 128 S., 17 Abb. Geschichten, Anekdoten und Wissenswertes von A wie Aussehen, über L wie Landtag bis hin zu Z wie Zeitvertreib. Eine Biographie, die den Dichter, Politiker und Gelehrten als privaten Menschen in den Mittelpunkt stellt.

Frauenleben im Biedermeier. Berühmte Besucherinnen bei Justinus Kerner in Weinsberg. Von Karin de la Roi-Frey. 144 S., mit 18 hist. Abb.

Eine Frage nach der andern. Begegnungen am Mikrophon. Von Günther Willmann. 180 S. mit 24 Fotos. 25 Interviews, die Günther Willmann vorwiegend für den SDR geführt hat. Gespräche mit Prominenten, auf ganz persönliche Weise wiedergegeben.

Warum denn in die Ferne schweifen ... Baden-Württemberg liegt nah. Aus Anni Willmanns Reisechronik. 160 S. mit 36 Fotos. Eine Entdeckungsreise durch Baden-Württemberg mit Anni Willmann, die viele Jahre die Reisechronik im Stgt. Wochenblatt geschrieben hat.

Renaissance in Baden-Württemberg. Perspektiven einer Baukunst. Von Erhard Hehl (Fotografie) und Harald Schukraft (Text). 176 S., 222 Farbfotos, 27 doppelseitige Luftbilder. Nach einer prägnanten und interessanten Einführung ins Thema – mit 78 Farbfotos beispielhaft dargestellt – wird im über 100seitigen Hauptteil „Renaissance vor Ort" anhand von 25 Beispielen vorgestellt. Jedem Beispiel (2–8 Seiten umfassend) ist ein doppelseitiges Luftbild vorangestellt.

Bloß a bißle nochdenkt. Von Albin Braig. Satirisches auf schwäbisch: 30 kurze Geschichten: „Wie mir halt so send." 96 S. mit 10 Zeichnungen.

Wege zum Erfolg. Südwestdeutsche Unternehmerfamilien. Hrsg. von Willi A. Boelcke. 288 S. mit 56 Abb. 20 südwestdeutsche Unternehmerfamilien und ihre Firmen, die sich über drei Generationen erfolgreich behauptet haben, werden von namhaften Autoren vorgestellt.

Untergang und Neubeginn. 62 Geschichten über Menschen und ihre Schicksale. Hans-Frieder Willmann erzählt Schicksale, die er persönlich erlebt oder als Zeitzeuge notiert hat. 248 S.

Engele und Teufele. Eine himmlische Karriere. 12 Erzählungen von Hans-Frieder Willmann über ein Teufele, das sich in den Himmel verirrt. 96 S., illustriert von Thomas F. Naegele.

DRW-Bücher – Eine Auswahl

Württemberger Wein. Landschaft, Geschichte, Kultur. Von Carlheinz Gräter. 324 Seiten mit 100 Abb. Eine einzigartige Gesamtdarstellung von Weinbau und Weinkultur in Württemberg: Über rund zwei Jahrtausende verfolgt der Autor die Wirkungsgeschichte des „Württembergers" im Hauptteil des Werkes.

Badischer Wein. Landschaft, Geschichte, Kultur. Von Carlheinz Gräter. 320 Seiten mit 93 Abb. Eine aktualisierte und historisch fundierte Gesamtschau zu Weinbau und Weinkultur zwischen Main und Bodensee.

Württemberg und Rußland. Geschichte einer Beziehung. Von Susanne Dieterich. 216 Seiten mit 58 Abb. Vielgestaltig waren und sind die Verbindungen zwischen Württemberg und Rußland, spannend die Geschichten, die sich dahinter verbergen.

Liebesgunst. Mätressen an Württembergs Höfen des 17. und 18. Jhs. Von Susanne Dieterich. 176 Seiten mit 33 Abb.

Auf Spurensuche. Der Bauernkrieg in Südwestdeutschland. Von Klaus Herrmann. 220 Seiten mit 77 Fotos und historischen Abb. Die spannende Spurensuche nach Zeugnissen des Bauernaufstandes in Südwestdeutschland. Dem Leser eröffnet sich ein denkwürdiges Kapitel Landesgeschichte.

Ein Mann namens Ulrich. Württembergs verehrter und gehaßter Herzog in seiner Zeit. Von Werner Frasch. 288 Seiten mit 60 Abb. Eine mit gründlicher Sachkenntnis und Liebe zum Detail geschriebene Biographie.

Sperrige Landsleute. Wilhelm I. und der Weg zum modernen Württemberg. Von Karl Moersch. 272 Seiten mit 50 historischen Abb. Württemberg im 19. Jhd. – ein landesgeschichtliches Porträt oder der Aufbruch zum modernen Staat.

Der gelernte König. Wilhelm II. von Württemberg – ein Porträt in Geschichten. Von Anni Willmann. 160 Seiten, zeitgenössisch illustriert.

Es gehet seltsam zu ... in Württemberg. Von außergewöhnlichen Ideen und Lebensläufen. Von Karl Moersch. 296 S. mit 79 hist. Abb. Der Autor zeigt, daß württ. Geschichte und württ. Gegenwart eng zusammengehören.